禹域鸿爪

うゐきこうそう

[日] 内藤湖南——著

李振声——译

Naitō Konan

浙江出版联合集团
浙江文艺出版社

目录

总序

施小炜

曾经有一位不可一世的罗马人恺撒（Julius Caesar）留下过这么一句豪言壮语：我来到，我看见，我征服。(Venio, video, vinco.)“来”也罢，“看”也罢，都不打紧，然而来和看的目的倘不是援助、投资或观光游览，而是征服，则以今天后殖民后冷战时代的眼光视之，自然不免会感到帝国主义的血腥。事实上，那个时代的罗马人大抵都是帝国主义者，置帝国的利益于万物之上，嗜爱征服别人。也许惟因如此，恺撒的这句话才会被奉为金言备受推崇广为流传，以至于时至今日居然仍未湮灭。甚至在早已打入我国市场多年的万宝路（Marlboro）香烟盒的标志中，居然也赫然印着这句话，只是写作完成时：Veni, vidi, vici.即“我来了，我看了，我征服了”。

其实恺撒语录的原版才更加意味深长呢。然而这位罗马统帅在忙着厮杀征服之余，倒也没忘记有效利用晚间就寝之前的时间，写下了一部《高卢战记》(Commentarii de Bello Gallico)。而这部书，从某种意义上说，恐怕不妨视为一种游记。若依今人的价值观，也许应将恺撒的名言改说成："我来，我看，我写（vigilo）。"改 vinco 作 vigilo，仅仅一字之易，便将话者由威风凛凛的三军统帅降格为普普通通的一介游客，尽管失去了许多英雄气概，却也平添了一缕和平与温馨，岂不可爱？而名高千古的《高卢战记》也大可更名为《高卢游记》(Commentarii de Itinere Gallico) 了。——此乃戏言。不过事实上，征服这一行当固然英雄无比，但鲜见能够维持得恒久。君不见，昔日曾为罗马军团所征服的土地上，如今崛起了一个个强大富足的国家，倒是称霸一时的罗马帝国却早已灰飞烟灭了。反观搦管弄文，尽管显得孱弱，却似乎远较策马横刀杀气腾腾的征服更受到永恒的青睐：连今天我们认识恺撒其人，难道不也是仰赖写在纸烟盒上的一句"名言"，以及一部《高卢战记》吗？亦即是说，对于生活于现代的我们而言，恺撒建立在南征北战杀人如麻之上的盖世英名，已经毫无（当时所曾具有过的）意义；如若说今天恺撒对我们还有一点影响的话，那这种影响只是通过他作为副业而遗留下来的著述（écriture）来实现的。

闲话休提。游记的历史便是这般地古老——尽管我们不敢也不必武断地强辩《高卢游记》，不不，《高卢战记》便是游记的起点。曲园居士俞樾在为东国文士竹添进一郎（井井居士）《栈云峡雨日记》所撰的序文中说："文章家排日纪行，始于东汉马第伯《封禅仪记》，然止记登岱一事耳。至唐李习之《南行记》、宋欧阳永叔《于役志》，则山程水驿，次第而书，遂成文家一体。"主张中国的游记始于东汉，成于唐宋。然而游记的最盛期，无疑是在人类迈入了科学技术神速进步的现代文明社会之后。交通手段的发达，使得从前被目为难于登天的畏途变成了坦途，人们的活动范围扩大，异域间的往来费时减少，为游记的繁盛预备了物质基础。至少在日本是如此的，而日本人的访华游记则更是如此。众所周知，日本与中国的交往，日本人的来华留学、经商，乃至做官，原是古已有之的事情。然而访华游记以惊人的数量大举问世，却是在1868年的明治维新以后。仅仅是东京的东洋文库一家，其所收集的明治以降日本刊行的访华游记，就多达四百余种，而这据说不过是"九牛之一毛"。至于这期间日本人究竟写下了多少这类书籍，其总数迄今仍无确切统计。访华游记的作者群，除却文人学者之外，还包括了教师、学生、商人、宗教家、出版人、社会活动家，以及军人、政客，纭纭纷纷，鱼龙混杂。有的是匆匆过客，蜻蜓点水走马观花；有的则是“此间乐，不思蜀”，长期体验长期观察。既有寻幽探胜，寄情水光山色；也有访朋拜友，评骘人事、政治。沉湎于怀古幽情，凭吊古迹、追思古人者有之；留意于民风世情，将视点照准当代社会变迁者亦有之。诸体咸备，蔚为壮观。

游记可以说是一个发现过程的记录。“来”和“看”，是游记的原料积累，而“写”，则是游记的生产行为。作者从他自己所熟悉的日常之中走出，来到一个于他而言是非日常的空间，在这里，他看到了许多人、许多物、许多事，有的似曾相识，有的令他惊异，所有这一切一一都会引起他的感慨与思索。而他之所以会在面对种种所见所闻时表现出不同的反应，乃是因为他心中有一个参照系(frame of reference)存在着。映入眼帘的一切，全都投射在他心中的参照系上，他据此做出价值的判断，或喜或嗔，或欣然接纳，或嗤之以鼻。这个参照系，是他长期生活于斯、成长于斯的那个环境、那个文化、那个传统在他不知不觉之中赋予了他的，而他往往甚至不曾意识到这一参照系的存在，却无时无刻不在运用它。换句话说，向游记——其实不独游记——期冀客观，不啻缘木求鱼。但凡被记录下来的，都是选择的结果。而选择这一行为，正是一种主观活动。哪怕写的是风景，是一座建筑，是一草一木，那都是经过了作者的双眼甄别，经过了他心中的参照系过滤过的；而他的双眼本是教育的产物，则那个参照系可以说是一个民族文化传统的凝缩。

因此，我们移译介绍日本人所写的访华游记，就具备了双重的意义。首先，阅读这些游记，有助于我们了解那个时代的中国与中国人，或者说作者眼中所见的那个时代的中国和中国人。这对于我们中国人认识自己、理解自己，应当是有百利而无一弊的——即使面对的是哈哈镜，我们也可以从变了形的身影中，看到遭了扭曲的优点，增进对自己的信心；或发现被夸张了的缺点，了解自己阿喀琉斯脚踵（Achilles' heel）的所在，从而思谋自强自卫的方策。引用一句曾经十分流行、几乎人人耳熟能详的名言，那便是："忘记了过去便意味着背叛。"历史是无法抹消的，因为它并不因为我们无视它便不存在，而今天与明天其实也无非是历史的进行时与将来时。

其次，阅读这些游记，我们还可以反过来认识那个时代的日本和日本人。因为如前所述，观察者（旅人、作者）的目光总会从被观察、被描述的对象身上反射回来，将他自己投影在阅读的地平线上；作者自身，他的民族身份（identity），无可避免地要折射在他的游记里。

而从社会历史的见地去看，这些游记可以说从普通庶民的个人层面上，反映出那个时代中日两国，以及周边有关各国之间的关系，有助于我们正确地、具体地认识和理解那一段历史。

然而如果一味强调这样一种实用性的认识功能，则势必使游记萎缩成为单纯的历史资料。而其实，不言而喻，游记更应该是文学。虽然说学而时习之不亦乐乎，但我们的目的并不在于翻译教科书。出于这样的考虑，在卷帙繁多的游记文字中，我们将焦点聚集在了以著述为职业的文人们的作品上。此次移译的几部作品，其作者有小说家，有诗人，还有学者与报人，都是当世的巨擘俊逸，不惟才情过人，更兼见识出众，其思想、言说，都具有相当的代表性与影响力。而他们的文字，或隽永或犀利，很有可读性。

《禹域鸿爪》的作者内藤虎次郎，号湖南，1866 年生于日本东北部秋田县的一个武士家庭，1934 年去世。此人少时便有神童之誉，十五岁时，曾被选为学校代表，以汉文作了一篇“奉迎文”，欢迎当时的日皇明治，文辞华美，令满座震惊，被誉为“名文”。但因家境败落，学业难以为继，只得就读于免除学费的秋田师范学校。由于成绩优秀，按规定应学四年的课程，他仅用了两年便全部读完。毕业后，尽义务做了两年小学教员，还毕学费的债，他便“雄飞”到了东京，做过记者，当过政界人物的秘书，1897年赴其时已沦为日本殖民地的台湾，任《台湾日报》主笔，后又在当时的媒体巨子《万朝报》和《朝日新闻》供职。1907年成为京都帝国大学讲师，但因学历低，受到文部省官僚的排斥（据说当时的风气是，倘非大学毕业的学士，纵是孔老夫子也无资格去做大学教授），两年之后方被任命为教授。由于他和狩野直喜等几代学者的努力，京都大学终于成为日本汉学研究的圣地，在国际汉学界中也享有很高的声誉。湖南生前曾多次来华访游，而《禹域鸿爪记》①乃首次访华归国后写就，1900年由东京博文馆出版。

内藤湖南于1899年9月5日从神户登舟，经芝罘入境，旋又买舟北上，在大沽登岸，游天津、北京后，折返天津取海路南下，在上海上陆后游览了杭州、苏州，再从上海溯江而上，游历了武汉、南京之后再度返回上海，泛海东归，于11月29日返抵神户，前后历时近三个月。在北京，他登览长城，在杭州，他泛舟西湖，在苏州则探访了虎丘、寒山寺，走的是典型的日本人所喜爱的旅游路线。但除了游山玩水，他还在天津、上海等地分

① 编者注：收入本丛书《禹域鸿爪》一书。

别拜会了严复、王修植、蒋国亮、文廷式、张元济等名流，谈天说地议论时局，表现出对中国现状的关心。

与内藤湖南相比，谷崎润一郎、佐藤春夫和芥川龙之介三人皆以小说名世，并各自有作品被译成中文介绍到中国来，因而在国人中的知名度似乎要高一些。

谷崎润一郎，1886 年生，东京人，1965 年去世。少时家境贫寒，几至辍学，但因才华过人，周围的亲朋怜惜有加，解囊资助，方得以考入东京帝国大学，但终因滞纳学费，三年级时被勒令退学。谷崎曾两度来华。第一次是在 1918 年 11 月，谷崎经由朝鲜半岛进入中国，由北向南，历时约两个月，游历了江南一带，回国后写下《苏州纪行》，表现出对中华文明的倾倒和对中国社会现实的关切。1926 年 1 月至 2 月间，谷崎再度来华，这次他只游览了上海一地，结识了内山完造，并经内山介绍，结交了郭沫若、田汉、欧阳予倩等一批作家和影剧界人士，与他们进行了多次交流，归国后写了《上海交游记》等文。值得一提的是，在《苏州纪行》中，对在中国人面前骄横傲慢的日本同胞，谷崎毫不犹豫地表示了不悦和批判，与同时代的一些作家相比，可说是难能可贵。而《上海交游记》也记录了郭沫若、田汉慷慨陈词、控诉西洋列强鱼肉中国、倾吐身为中国青年的忧虑与苦闷的场面，并对之表示了同情。

除了这些游记，中国之行还带给了谷崎创作灵感，结晶于《西湖之月》、《秦淮之夜》、《鹤唳》等一批作品之中。始终以罗曼蒂克的、充满温馨善意的目光审视中国，这是谷崎润一郎有别于他人的特征。

与绝大多数日本游客不同，佐藤春夫 1920 年 6 月下旬来华时，他的目的地不是京津、苏杭等观光热点，而是日本游客相对而言较少涉足的厦门。佐藤春夫是由当时业已沦为日本殖民地的台湾打狗（今高雄）乘船来到厦门的，由一位在厦门长大、在台湾工作、会说日文的郑姓青年导游，游历了厦门、鼓浪屿、集美、漳州等地。在佐藤的笔下，厦门客店里的经历宛似侦探小说，鹭江的晚霞美不胜收，而饮酒、赏月的夜生活也被描绘得引人入胜。一曲《开天冠》所引发的对中国传统音乐独辟蹊径的议论与阐释，则充分展示了作者诗人的一面。漳州之行的所见所闻，对陈炯明在漳州所作所为的介绍，虽然难免道听途说、管窥蠡测之虞，但仍有助于读者了解往往为近代史主流研究所忽视的一段史实。这些见闻均记录在《南方纪行》一书中，1922 年由新潮社出版于东京。

佐藤春夫 1892 年出生于和歌山县，庆应大学中退。

中学毕业后曾入盟由与谢野铁干、晶子夫妇领导的著名的“新诗社”，直接受到两位大诗人的熏陶。早年学写诗，后来则主要创作小说，但终生不曾放下诗歌创作的笔，《殉情诗集》是一时洛阳纸贵的名篇。他与谷崎润一郎本是朋友，过从甚密，但一来二往之间，却苦恋上了谷崎夫人千代子。1930 年 8 月，谷崎、千代子、佐藤三人联名致函各位友人，宣布千代子与谷崎离异，同相思了多年的佐藤结婚，这便是轰动一时的“谷崎让妻”事件。《南方纪行》中所收的《朱雨亭其人及其他》一文中所谓“与有夫之妇，且是朋友之妻的女人堕入情网”，说的便是此事。敢于做出这种当时被视为“不道德”的行为，可见三位当事人的不为传统道德观念所束缚的勇气。佐藤基本上不失为一个独立思考的自由知识分子，也很热爱中华文化，他还曾出版过一部很有影响的译诗集《车尘集》，译的全是中国古典诗歌。他也是鲁迅的小说《故乡》的第一位日文译者。但在战争期间，佐藤春夫还是表现出在作为文学家之前他首先是个“日本人”。他甚至写过类似“劝降书”的文章，劝告中国人放弃“先进文明同化后进文明”、历史会重演的幻想，说这次不同于以往，日本人乃是带来先进文明的征服者云云，为自己涂抹下了洗刷不掉的人生污点，而这也是那一时代大多数日本人难以逃脱的宿命。

周公恐惧流言日，王莽恭谦未篡时。想到这一点，不禁在感慨认知、评价历史人物困难的同时，也感到历史人物处于强大外力压迫下人生营为的不易；甚至会觉得像芥川龙之介那样以非自然的方式中断生命，从避免了要与自己祖国发动的侵略战争进行合作，从而逃脱了要面对后人道德断罪的尴尬这一角度来看，竟不失为一种至福。

芥川龙之介，号澄江堂主人、我鬼、夜来花庵主等，1892 年生于东京，1927 年服过量安眠药自杀。此人素有短篇圣手之誉，俳句也写得臻于化境；早在东京帝国大学英文科就读时，就以短篇小说《鼻子》获得文坛盟主夏目漱石的激赏，一生留下了大量珠玉之作。芥川于 1921 年作为《大阪每日新闻》（《每日新闻》的前身）社的海外视察员来华访问，由海路自上海入境，周游江南一带后，溯江而上，遍访芜湖、九江、武汉、长沙，再驱车北上，游历京津一带，最后经由朝鲜半岛回国。一部《中国游记》（改造社 1925 年出版于东京），记录了这次历时四个月的漫游中的见闻与感受，处处表露出作者的博学和睿智，以及对现实的敏锐洞察。最引人注目的，还是芥川对当时英美帝国主义在中国飞扬跋扈的揭露，而这在同时代的游记中，是少有具体言及的。

村松梢风可以说是以上海为卖点（selling point），赖写上海而赢得文名，并因写上海而为后世所记忆的作家。尽管他也写过不少小说，但其最著名的作品，恐怕还是以《魔都》为代表的一批描写上海各色人等的生活形态的游记。村松 1889 年生于静冈县，1961 年去世。本名义一，梢风是他的号。1923 年他第一次来上海旅行，即被上海的魅力吸引，从此几乎每年都要造访中国，发表了许多以中国大陆为舞台的散文和小说。他称光怪陆离、妖艳多姿的二十世纪二十年代的上海为“魔都”，并以此为题于 1924 年出版了第一部关于上海的著作，以充满好奇的目光观察赌徒、娼妇们的生态，强调东西文化大熔炉上海的异国情调。梢风描绘的上海形象影响、吸引了好几代日本人，他所杜撰的“魔都”一词，在日本遂成为旧时代上海的代称。梢风还出版过《新中国访问记》（1929）、《热河风景》（1933）、《中国风物记》（1941）等多部访华游记。

在这些出自日本人之手的游记作品中，我们会读到一个有趣的现象，即作者们在众口一词地对中国的传统文明、文化遗产表现出莫大的倾倒与敬佩的同时，又几乎无一例外地对中国的社会现实投以批判的眼光，甚至露骨地表露出厌恶，言辞有的还会相当尖刻。这类厌恶与尖刻的深层，固然不无挤入列强之列、做上了“一等国”人民的日本人日益膨胀的民族优越感，以及产生于这种优越感的对邻人的不逊与轻侮——而这其实正是我们的历史学家们每每爱说的“一小撮军国主义分子”“狼子野心”能够得逞的群众基础。倘使罗马帝国里只有恺撒等“一小撮人”是帝国主义分子的话，则那个庞大的罗马帝国恐怕根本就不可能在历史上出现。但平心而论，当时的中国鬼蜮横行，腐败成灾，饿殍遍野，民不聊生，差不多已经到了穷途末日，原是有目共睹的事实，不论这双目是生于华胄的脸上，还是长在夷狄的额下，也不论其眸子是黑色的还是蓝色的，抑或是别的什么颜色。记得从前读郁达夫先生的游记，其中也有这样的文字：“江南的风景，处处可爱；江南的人事，事事堪哀。”“江南原说是鱼米之乡，但可怜的老百姓们，也一并的作了那些武装同志们的鱼米了。”“这十余年中间，军阀对他们的征收剥夺，掳掠奸淫，从头细算起来，哪里还算得明白？”“逝者如斯，将来者且更不堪设想，你们且看看政府中什么局长什么局长的任命，一般物价的同潮也似的怒升，和印花税地税杂税等名目的增设等，就也可以知其大概了。”这篇题为《感伤的行旅》，作于1928年底，即芥川来游的八年之后，梢风访沪的五年之后。“这十余年中间”云云，可知达夫先生所意识的中国现实，应与梢风、芥川等人所目睹的现实相交叠。而深谙国情的达夫先生在发完牢骚之后，也没忘记自我解嘲两句：“啊啊，圣明天子的朝廷大事，你这贱民哪有左右容喙的权利！”然而解嘲归解嘲，面对这样黑暗污秽、腐朽透顶的现实，作为身受其害的当事人，我们中国人自然无法视若无睹，甚至琢磨着要用革命这一最激烈最暴力的手段去改变它——芥川龙之介来华的1921年，正是中国共产党在上海宣告诞生的那一年——莫非我们反倒真的要求外国人“且细赏赏这车窗外面的迷人秋景罢，人家瓦上的浓霜去管它作甚？”（《感伤的旅行》）甚至还要人家来为这黑暗的现实跌足叫好方才心满意足么？这样的心态岂不荒谬可笑？

最后还有一点需要在此略加说明。我们的译本中所用的“中国”一词，原文中几乎无一例外统统写的是“支那”。我们认为，中文里从来不曾有过“支那”一词，因为它不是中文，故此需要翻译。日本用“支那”作为正式名称称呼中国，当始于1911年辛亥革命成功、中华民国建立之后。在此之前则称中国为“清”、“清国”。至于非正式地称中国人为“支那人”，则要更早一些。由于日本同中国一样，也使用汉字，所以中国的国号可以直接以汉字名称通，如“唐、宋、元、明”。何以到了“中华民国”时，日本一改以往直接使用汉字原名的习惯做法，别出心裁地要另外替中国取名“支那”（甚至在外交文书中，当时的日本政府也称中国为“大支那共和国”，而不用中国自己的汉字国号）呢？这恐怕是因为此时自以为国力已足够强大的日本，无法容忍中国继续妄自尊大，自命为世界中心之国的缘故。而“支那”一词，乃是模拟西文的译音。如英文的China，法文的Chine，德文的China，意大利文的Cina，西班牙文的China之类，据说原是中国古称“秦”的讹音。盖国与国的交往一如人与人的交往，尊重对方应是礼尚往来的前提。而以对方自己为自己所取的名字呼称对方，则是最起码的礼貌。倘若对方自名“张三”，而我们偏偏不称他“张三”，而是蛮横地硬呼之为“李四”，甚至“王八”，那么显然是有意污辱对方，毫无友好交往的诚意。而当时的日本官方，无疑是缺乏与中国友好往来的诚意的。至于连普通的日本百姓也人人称中国为“支那”，则只能说明“广大的日本人民”在这一点上也是不假思索地响应了政府的政策了的。当然，应当庆幸这一切都已经变成了历史。但不可不注意的是，时至今日，在日本仍然有那么“一小撮人”，犹自坚持以“支那”称呼中国。而日语中东中国海（East China Sea）、南中国海（South China Sea）的正式名称仍然为“东支那海”和“南支那海”，只是不再使用“支那”这两个汉字，改以片假名代替而已。我们愿意能有更多的国人正确地认知这一事实。

作为译者，我们希望我们的译作能够为我们中国人正确地认识自己提供一点线索。同时也希望，它们能够为真正的理性的中日友好做出微薄的贡献。但我们最希望的，还在于能够为诸位读者在劬劳之余，带来阅读的乐趣。

1998 年 10 月于呷奔国暗疏乡

卷首

绪　言[①]

一、《禹域鸿爪记》，是我明治三十二年（译按，1899 年）八月末至同年十一月末，这三个月里，对禹域游踪所作记述的一个概略，当时偶有触发便率尔落笔，文体之驳杂及详略之失当，自然在所难免。取“燕山楚水”作为书名，乃是顺从书肆之所喜好也。

二、本记序文阙如，转而以次韵野口宁斋赠诗数首，以及此前草就之文《学徒暑中旅行》，权作代替。

三、附录的论文，是游历前后的数月间，我就中国问题所草就之文章[②]，用以表明我此番游清的缘起以及游历所得意见之一斑，盖欲以统摄与概括此次游历之前后经

---

① 编者注：此篇为《禹域鸿爪记》原序，因此集化用此名，故列于此，作为全书之序。

② 译者注：因译丛体例，这几篇论文本书未译入，特此说明。（本书注释除特别说明，均为译者注。）

纬也。

四、文芸阁之诗，系其今春游赏东京时所酬赠者。与文氏交游，始于此番游清期间，也是此行我最感倾心者，故影印摹写于此，以代题词。

明治三十三年四月

著者识

学徒[1]暑中旅行

其一

车前载着柳条包，驰往新桥、上野两车站，与此类少年人途中相遇，一日里不下数十回的，近日已是司空见惯之事。由此怀想起学生时代的乐趣，不胜怃然之际，陡然萌生出错失天堂之感。学徒之习俗时尚，每年皆有所迁移，与往昔相比，趋于堕落之倾向则一目了然，值得慨当以慷者，实已寥寥无多，惟独此暑中休暇期间，旅行者有增无减一事，似可视为美好风尚进步征兆之一端。此虽因铁路轮船之利，在既往十年间，有突飞猛进之发展，其便捷已不复往昔所可比拟使然，而概乎言之，耳闻目睹境界之开拓，既使知识范围得以推扩，又为其落实了用武之地，由此还自然带来了将囿于三百年封建之旧习，当今政

① 指读书求学之学生，非学手艺之学徒。

党犹难摆脱之地方割据之积弊，此类根本之病患，一朝加以击溃之利。更何况，步履所至，山水不乏秀媚横逸之态，此乃上天眷顾我邦之幸，故而汗漫之游，有利于滋养趣味之处绝不在少数，以致诵读名胜地志与纪行文字，在近日少年学徒那里，也便颇有了大行其道之概，这不能不是值得人为之欣慨的现象。只是涉猎犹浅，尚不出投合今人时俗风尚之兔园册子[①]范围，实为恨事！然而其旅行之范围，不出一二年间，终将因不甘于本国海岛之湫隘，进而着鞭于大陆，上下长江，揽武昌、金陵之形胜，由闽、粤、厦、澳而抵香港、新嘉坡[②]，以观欧人东侵之经营，不亦壮哉?！ 此等壮游，益发仿之效之，今日视为异乎寻常者，至他日辄习以为常，当不足为奇矣。终至，更进而深入其内陆，踏勘中国诗人自古以来发为咏怀之作的所在，而羁旅之愁苦况味，至今犹在；或者跋涉于新近为欧洲列强所侵占之东三省及山东等地，以察识其战略雄图；而对于准备作此一区域游历之旅行者，我还将进而奉劝其应该稍稍具备些学术、美术的眼光。

---

① 兔园，又称菟园，古时梁孝王所建园林名，位于今河南商丘东郊。兔园册原指该园藏书，文字多粗鄙俚俗者，这里用来喻指日本当时流行的粗俗纪行文字。

② 今作新加坡。

同样的一份山水，若听说它是有古迹的，便会平添三分神奇之感。四浓的山野景色，究竟好在什么地方？及至辨认得庆长、庚子及虎踞龙盘之迹，自会生出一番勃郁难遏的雄心。芳野的山势，并非没有奇趣，但念及南帝播迁、犹自慨叹称幸的那份哀怜，便于依依不舍间，平添了一份低回不忍离去的心念。若是没有千年帝王的遗址，诸乐[①]之地终不过是残山剩水，何来赏心悦目之处？正因为有人留下过题咏的篇什，宫城之野纵然犁为田圃，也仍会牵动讽咏之怀。这就好比式[②]内的祠庙和朱印的寺观，山阻水涯，每每成了它的景致，为其增添光彩。留传下来的古时制作，其技艺之精妙，不由得令人对文明的进步持以怀疑，乃至让人生出甘愿前往当年那个文明极盛的社会去栖身的心念。诸如此类，实为吾邦所特有，旅行者之至乐。两千年间，有过多少社会变迁，层层鳞次，便这样一步步地展现在了眼前，其快意又哪里是言语所能表述得了的？可是，倘若不是稍稍具备相关的史学知识与美术嗜好，则又将与之当面错过，仿佛行走在空旷的原野上，终不免会有珠玉满地却蹂躏踩踏一番而去的遗憾。近年学术之进步，对学徒措意于此类事情，本当极具便利之势，

① 指奈良。

② 指记录平安中期律令法度的《延喜式》，由醍醐天皇下令编纂，于延长五年(927 年)完成。

然而近日坊间出售的名胜纪行书籍，倘若与平泽的《漫游文草》、宫川的《东西游记》，乃至与当时大多脱不了鄙俗之嫌的诸如《名所图会》①之类相比较，趣味似乎反而还更为贫乏。何以至此？显然绝非仅仅缘于木版雕刻古雅而活字印刷纤巧，以及由此相伴而生的错觉，乃是因为世道之需求仅止于此，故而编述者所提供者，也只能如彼所需而已。吾辈又何必非得将时下绅士、绅商避暑之浴泉，一概视为放纵之温习场或不道德之播散地，抑或将那些对数步之外的胜景视若无睹、无所措意，只知弄花牌、昵贱妓，并以此炫耀豪奢者，一概斥为迹近禽兽之徒？如少年学徒这般，出于怡心养性之目的，跋山涉水，寻访胜迹，尚且错失了此等主要关目，对于其动辄予以轻视的古人，岂不多有愧疚耶？所以敢以瞽盲之言冒犯诸君者，但愿诸君于此有所思虑，则幸甚。

（明治三十二年七月十三日稿）

其二

去年夏天，归省途中，我特地花了一天工夫前去叩访

① 指日本近世末期盛行的通俗地志、旅行指南，记述名胜古迹、神社佛寺的由来及地方物产等，并配以风景插图，作为庶民旅行出游的手册或有趣的地方读物。

那须国造碑，从守碑人那里得知，前来观碑的人几近绝迹，不由得暗地里为世人史学兴趣的如此淡漠而感到惊骇。那须盐原的温泉，就紧挨着西那须野车站，洗温泉浴的人，年年岁岁，摩肩接踵，纷至沓来。茫茫原野，半数已垦辟为树林和菜圃，只需花费半天的时间，在犁头剩下的四处，朝那长得比人还要高出一头的几茎野花，张望上那么几眼，浮想当年武士整饬箭筒、护臂钉饰闪烁如霰的情景，频频顾视硫烟直薄云天的那须岳；顺着弯曲的野径迂回而行，摩挲一千二百年前的古碑：这些，岂不都是让人意兴大感畅然的事？何况这地方位于那珂河的上游，是片高原，累累车冢，起伏于陇亩之间，纵然没有这块石碑，犹且让人仿佛有来往于神朱鸟之前的时代的感觉，然而，不想其落寞竟一至于此。上毛三碑散落在通往富冈的途次之间，雄劲超妙，有比肩瘗鹤铭之美誉的那块多胡郡碑，前往叩访者尚且寥寥无多，更何况其余二碑了。像存放在妙心寺中的法金刚院的古钟，以之询问寺僧，寺僧也不得而知，寻遍整个寺内，这才在一处颓败的钟楼上把它辨认了出来。长柄鹤满寺的钟，因在浪华郊外，而人们只知赏玩寺内的垂丝樱花，却置此华鲸绝响、梵音久遏之奇物于不顾！去芳草萋萋的原野上游玩的人里边，可曾有人留心驻目过藏山所藏的锈涩古奇的天宝铎？在考证古史的材料中，金石本是最为精确无误的依据，并且也是玩赏时趣味最多的品类，然而，对其意义绝少有所留意者，不想竟至于如此，那么其余的也便可想而知了。

我曾由笠置，沿着所谓的瓶之原分流而来的泉川，一路西下。河流折而北向处，别拓一境，不知何处是恭仁古都旧址，何处是净琉璃寺，海住山寺的塔尖，则浮露在北端的林峦间。南边紧挨着奈良山，位于城与二州的咽喉处，但见暮烟一抹，鸭建角见命①经略之迹，于若隐若显间，依稀犹存。若夫有香取、鹿岛之浦、霞湖及刀水诸景点缀其间，趁涨潮之时，鼓棹于明月朗照下的十二桥之间，有这般神圣降临的往昔岁月可供寻梦，则万劫一弹指间，古耶？ 今耶？ 让人有不胜今夕何夕之慨。进而往来于白石称之为高天原的常、磐一带，寻访二神儿孙诸神的祠庙，不经意间遇见了盐灶松岛的胜景，或者是碰巧访得了多贺燕泽之碑，汗漫游兴，皆莫过于此时之深湛而有味者矣。

大国主威令已久行全国，所到之处，祠庙祭祀之严整谨肃自不待言，这里边，沿海一带的鹿岛、香取姑且不论，即便是安房神社的天太玉命，尾张真清田神社的天火明命，盐灶神社，纪伊的日前国悬及熊野诸社，位于日本

---

① 神魂命之孙，相传神武天皇东征由熊野攻入大和时，他化身为八咫鸟，自天而降，给天皇指路，并作为天皇的使者，对大和豪族兄矶城及弟矶城进行劝降。后成为贺茂御祖神社（下贺茂神社）的祭神。

海海岸一带者，诸如若狭彦与弥彦，也都存留有天神的灵迹可供观赏。倘若将其与分布各处的古坟加以参照，那么对古史的研究，想必也就会稍稍多几分把握了。诸如这样的山陵规制，诚如蒲生氏所言，自太祖至孝元，开化以来二十三朝，筑陵墓于丘陇，前方后圆，取象于宫车；用明以下之十陵，则凿治玄宫以安置石椁；直至南都，方始重新恢复旧制。倘若在观览各地留存至今的古墓时，多少有些关于此等变迁的知识，也就不至于会有面壁相向时一脸茫然的尴尬了。

在秽多[①]的人种问题上，有时不免会有这样的一个疑问：相关研究中，必定会留有这样的记载，诸如自古以来，守陵之户乃是不得与良民通婚之一种贱民；而近畿诸国，不管已知抑或未知，幸存抑或已遭毁坏，陵墓总不下有千百座之数，散布在屈指难以尽数的各处，而贱种与良民，则鸡犬之声相闻，人至老死而不相往来。蒙古、马来种族迁徙的行踪，倘若也能从诸如此类散布在各处的古祠和坟冢那里一一加以证实的话，那么，诸多的情形，或许也就能像这样了如指掌了吧。并未对此类行踪做出寻索，而是像近日某记者那样，在谈论中国人杂居的问题时，援引蕃别作为例证，就会犯下认大内氏为嬴姓的错误。虽然

① 日本明治时代以前对贱民的蔑称。

无关宏旨，却也动辄闹成笑柄。而这一点，想必是不难特别留意到的。

凡此种种，若一一列举，更仆难尽，今仅就史学一端，取其触及思绪者拉杂陈之，以资旅行者有所启发。若能触类引申，则于学徒诸子，岂无小补也欤?

（明治三十二年七月十六日稿）

赠诗及送别诗

文艺阁诗[①]

文廷式

汉西百年基沛县，　元三万里极欧罗；
佛家别有河图谶，　未若金轮世界多。

帝出东方本系言，　乌龙王气启金源；
我读擘经无字说，　更从西极望昆仑。

杭爱山边自一方，　白翎原向海滨翔；
何因牧马思南土，　天子中原乃卫王。

---

① 文廷式(1856—1904)，江西萍乡人；字道希，号云阁，一作芸阁，又号芗德、罗霄山人，晚号纯常子；清光绪十六年进士；历官翰林院编修，国史馆协修，会典馆纂修，翰林院侍读学士等。戊戌变法前，劾李鸿章，支持康有为发起强学会，赞助光绪亲政，后遭慈禧太后革职，颇受新派文人尊崇。长于诗词，学问也佳，有《补晋书艺文志》等数种著述，词作于浙西、常州二派外，独树一帜。

别传虬髯事未真，　近人云是盖苏文；
若非晋水真龙兴，　丹穴将求海外君。

赌棋别墅是兵机，　射笴聊城未解围；
千古英雄惆怅处，　秦王十八已龙飞。

游清杂诗次野口宁斋见送诗韵

风尘满目近中秋，　一剑将观禹九州；
故旧当年空鬼籍，　江山异域久神游。
斗底朴昔开藩地，　天接羲和宾日头；
要访秦皇勒铭处，　片帆先指古之罘。

郊原草木激悲风，　万马闻会蹀血红；
王气朔方钟异类，　龙神碣石限山戎。
重关洪武修时壁，　废苑咸丰劫后宫；
一路寒烟青冢底，　算来枯骨有英雄。

庙前楸槚朔风多，　斜日蒿莱没石驼；
披发煤山宁有此，　借兵回鹘竟如何。
兴亡关数倾难挽，　夷夏惟天覆不颇；
剩得丰碑深刻在，　乾隆皇帝谒陵歌。

寂寞山川阅废兴， 秦淮秋色感难胜；
莫愁湖冷疏疏柳， 长乐桥荒漠漠塍。
儿女英雄千载恨， 君王宰相一春灯；
凭谁更问南朝事， 碎雨零烟满秣陵。

楼空不见鹤翩跹， 落日浮云客系船；
赖有司勋诗句在， 揭来薄海羽书传。
千秋江汉东南蔽， 一部经纶内外篇；
登瞩因生无限意， 平波浩渺接长天。

宁斋曰：湖南《禹域鸿爪记》，上梓在迩，天下以先睹为快。余事诗才，亦能壮伟，吐故纳新，不着一肤泛语。顾其书卷在胸，山河在眼，语不犹人，理固当然。故旧盖谓石川伍一氏①，湖南同心人也。

送内藤湖南游清国

蔼蔼大内青峦

索索西风落木初， 长城秋色果如何；

① 内藤湖南同乡先辈，死于中日甲午之战，本书《禹域鸿爪记·其二》中有所叙及，可参读。

津头若遇耦耕客，　为报日东存逸书。

内藤湖南书来知其即日上程赴清国率然赋七律五章饯之

野口宁斋

其一

天高鸿雁语清秋，　有客俄传赴九州；
蓄艾三年嗟我病，　观潮八月壮君行。
海青风急新罗角，　山翠晴分渤海头；
闻道人夷争午市，　祖龙旧址吊芝罘。

其二

居庸关外冷西风，　沙碛荒荒烽燧红；
盗贼边疆甘伏奔，　金缯社稷惯和戎。
长城万里秦明月，　黄草千年元古宫；
毳幕穹庐人卧雪，　可能物色到英雄。

其三

束手君臣涕泪多，　他年风雨哭铜驼；
可怜燕蓟非吾有，　如此江山奈如何。
只见北军归吕禄，　未闻老将起廉颇；

狗屠击筑声悲壮， 谁唱牛羊敕勒歌。

其四

王气南朝几废兴， 老臣忧国感何胜；
长江滚滚空天堑， 六代茫茫半循滕。
狎客新声歌玉树， 阉儿乐府唱春灯；
草间石马无人吊， 落日寒烟十一陵。

其五

楼头黄鹤舞翩跹， 笳鼓秋清鄂清船；
半夜闻鸡声已恶， 中流击楫语曾传。
海瀛人物同文会， 江汉勋名劝学篇；
应有起予书一纸， 迢迢望断白云天。

送内藤湖南游清国

幸德秋水

王气中原竭， 八维纷似麻；
饮河诸葛马， 浮斗张骞楂。
天地秋风动， 荆湘落日斜；
江云骚国客， 一酬吊长沙。

送内藤湖南次秋水词兄韵三首

国府犀东

汉庭文武坠，　吕氏下诏麻；
金晕九重阙，　银河八月楂。
吴门秦碣古，　湘浦楚云斜；
诗舫澧沅去，　招魂万里沙。

楚天大江划，　千里一鞋麻；
倚剑行吴地，　乘秋上汉楂。
魏人横槊赋，　越舸举帆斜；
乌鹊南飞夕，　五湖月满沙。

北斗黄河斛，　海滑盗似麻；
胶州扼形胜，　沪上警行楂。
汉口宾鸿度，　荆门俊鹘斜；
归篷及期下，　莫远溯金沙。

送内藤湖南游清国次秋水君韵

芝水渔夫

谁致回天力，　中原理乱麻；

一枝提健笔，万里上仙楂。
树古秋风急，城孤落日斜；
汉庭金气尽，无术化丹沙。

送内藤湖南游于清国

松冈素侠

空中有声知何物，长鸣夜堕渤澥濆；
紫气直上贯斗牛，三眼如电固不群。
知君道德希古圣，儒业又见穷典坟；
时务常年钦诸葛，归来欲继贾生文。
长城明月苦风露，楚地秋色滋英芬；
况复征人泪万斛，凭吊洒尽入暮云。
禹域江山虽易到，蒿目之徒终何分；
千古真游谁最是，今年今日独有君。

禹域鸿爪记

其一　启程　芝罘　渤海史论

明治三十二年，对我说来，是格外忙碌的一年。三月十二日傍晚，邻家突然着火，我在小石川租居的寓所，瞬间化为乌有，数年来费心收藏的图书，片纸未剩，烧成灰烬，就连亡友吕泣[①]的遗稿，自己幼年起抄录的各种文字，以及写就的文稿，罹祸之际，也无从择拣救出，同时化作了烟尘，每每想起，但觉不胜遗憾。到了四月，我第一个孩子降生，按人世习俗，人们都来庆贺，我也口称是件可喜可贺的事，但所添加的忙乱，却不亚于火灾降临的那段日子。过了三四个月光景，刚觉得安顿了下来，便又有了八月底前往中国的三个月旅程。去中国旅行，本是我多年向往的事，此时始得到机会，并在诸位友人的赞助下得以遂愿。秋田平洲在写给我的书简中说："吕泣为《近

---

① 畑山吕泣，生卒年未详。内藤湖南友人，政教社社员。先后参与过当时颇有影响的杂志《日本人》和《亚细亚》的编辑工作。

代文学史论》所作序文中的期待，也由此得以实现，九泉之下的亡友，想必会为之感到宽慰。”不禁让我有不胜今昔之感。吕泣在他替我撰写的《近代文学史论》序文中这样写道：

> 君不见，禹域四百州，风云似箭，烟雾如墨，何不速速负剑跨马，即刻渡长江，济黄河，北上长城，纵览平原？策文章之雄图，与俗子争得失，要非吾辈之所宜矣！

此文遂成了他的绝笔。翌年一月，尚未等我能实遂他的这番期待，便先自遽告离世了。故而旅行之事拿定主意后的第二天，我便揣着该将此事最先告知吕泣的心念，去了他山谷深处的墓前。友人送别的筵席，除了极为亲近的几位所设的旨在从简的一席小筵，其余一概辞谢。八月三十日傍晚六时，从新桥出发，与前来送行的数十位友人在此叙别。后来听说，因为动身匆忙，友人有所不知，待我走后，还有去我寓所送行的。

在邮船公司打听好班船的日期，决定乘坐仙台丸轮。仙台丸轮预定八月三十日横滨启帆，推想在神户开船的日子是九月二日。但此船不在定期班船之列，在横滨本已延迟了一天，到神户更是延迟了两天，待我在大阪料理过一些琐屑之事，九月一日后的那几天，便觉得难以打发，无聊愁闷自是可以想见。九月一日晚，应友人招请，共进晚餐之后，突然动了去奈良的心思，便乘上了凑町的末班列车，抵达奈良时，已是过了晚上十点钟的光景。求宿对山楼时，深更半夜的，硬是把早已入睡的侍者给唤了起来。过了夜半，因腹泻折腾，竟至一夜未能成眠。翌日上午，仍起不了床，甚感懊丧。到了午后，稍稍觉得好了些，便雇车驶往西京方向，去看了正在改建修缮中的唐招提寺的金堂，据说前身本是朝集堂，系奈良时朝廷所赐，一直留传到了今天，是颇有来历的一处古建筑，屋脊上的鸱尾还保存着原貌。前些年，我曾来这儿观览过几次，记得有一次是和过去一位熟人一起来的，寺里的小僧弥还用手指着我说："来过好几回，都已熟门熟路了。"药师寺的三重塔也正在整修。向寺里的僧人一打听，说是去年十一月份动的工，按事先的估计，应该是这个月竣工，但延期到明年九月，实际也难以完工。工费为一万九千六百圆，其中一万八千余圆，系由内务省拨款。我来这里，是想得到佛足石赞和塔檫铭的拓本，以便中国之行时用作酬答的礼物，遂从寺僧那里每种各索要了两部。与有名的药师三尊齐名的圣观音铜像，昔日参观时留下的印象，至今犹在眼前，故而不必再看了。没多久，我便从这里告辞了出来。在郡山站乘上火车，到法隆寺站下，又雇车前往法隆寺，请得金堂释迦佛、药师佛及光焰背铭的拓本。此处金堂之侧佛像宝库中的各种宝物，我已观览过多次，就连它们的位置及朝向都已谙熟于心，因而也便没让人再去打开佛龛，得了拓本后，便打道回府，搭乘火车返回大阪。是夜，出席《朝日新闻》诸友替我送行的小宴会。翌日，即九月三日，前往神户，在神户住了一宿。料想接下来的四日这一天殊难打发，遂前往须磨探访病中的友人。未遇。遂只得在此过夜，投宿旅馆。因不想再去须磨寺求取叶笛之缘起及音寿丸类和歌之解说文字，起来又不是，躺着又不是，颇感度日如年。像这样举着笨拙不堪的双筒望远镜，一遍遍眺望海面的事，还从来不曾有过。就这样，翌日的九月五日一大早，便赶回了神户。船终于决定该日上午十时起航，这才重新登上仙台丸轮。

是天阴天，午后渐渐下起雨来。此种天气行船，夜过濑户内海，航道颇不安全，遂于备与峡某灯塔下泊锚，待天亮后继续上路。名闻遐迩之濑户内海，固然景色旖旎，可我厌嫌记述麻烦，故且省略不记。若傍晚抵达门司①，即在马关上岸，一遣船中之郁闷。

七日正午开船，这一带该是与故国道别的地方了，不由生出几分凄怆。待船绕过彦岛，雨便止歇，但见船前天

① 门司，日本福冈县一港市。

色，晴空万里。航路却并非如预想的安稳平静，自傍晚至深夜，玄海①一带，仿佛惊涛崩裂，船不时倾斜至四十度，船中器什跌落之翻滚破碎声，与击打船舷之浪涛声，交错糅杂，令人魂飞魄散。横卧于船舱被窝，因晕船折腾起身不得，痛苦不堪。当此之际，惟有横卧方是万全之策，睡着了，也便感觉不到晕船，于是一头睡去，直至天亮。清晨七时醒来，大海已异常平静。右舷所能望见者，当是朝鲜诸岛无疑；左舷望见之一大岛屿，则不知是何去处，询之船员，说是济州岛。此岛即古代之耽罗国，本自成一独立之国。遂随口吟和歌一首：

极目眺望，
大伽罗、耽罗国，
彩霞飞渡大海间。

架起双筒望远镜，眺望远处迎面而来之诸多岛屿，瘦石嶙峋之岛屿山间，似有一畦青葱田圃，当是岛人栽植以养家糊口者。茂林中，不时有村落人家影绰其间，景色与我濑户内海一带颇为相似。身穿白衣之韩人，五六人一伙，划着张挂蒲帆的船只，似乎是在那儿打鱼。将过午

① 海域名，位于日本福冈县西北海域，以冬季风波险恶而闻名。

时，但觉诸岛退远，船渐离朝鲜，驶往山东方向。翌日，也即九日清晨，左舷前方现出一抹远山，询之船员：岂非山东地界乎？答曰：是。离故国越发遥远了，不知何故，心中不由一阵欣喜，真是不可思议。待船继续前行一时半刻，山东之成山角与白灯台，便已清晰出现在了眼前。经船员指点，陆军进攻威海时登陆上岸之荣城湾，一一得以辨认。殊出意料的是，成山一片荒秃，山脚土呈赭色，山坡平缓，海岸则尽皆危岩，山野为些许绿色所披覆，仿佛撒了一层沉香，俨然南画中常见之景物。国家之衰敝荒凉，一至于此，两千年郡县政治之余弊，令人惟有痛惜。过正午，船驶过威海卫海面。五时光景，驶入芝罘，即清人称为烟台之海湾，系缆驻泊。

海湾中停泊有一两艘英国及他国军舰，另有清国新造军舰，似是一对姊妹舰，并排停泊于此。后来听说，即是“海容舰”与“海筹舰”。两舰夜间打出光束，来回穿梭于数哩[①]海湾间，俨然一副巡视四方的架势。因为是清国的军舰，故而平日里也颇神气活现。在我们船尾，有此地特有的轻舟模样的小船，船中置一方箱，有一吹笛少年，虽说曲子吹得荒腔走板，听来却也让人忍不住觉得哀伤。

---

① 英里旧作哩。

湾头烟罩四茫茫，　吹笛何人度水长。
来泊烟台无月夜，　不忆家乡忆异乡。

船泊芝罘暮色浓，　少年吹笛牵愁肠。

十日，早上七时，上岸。先至领事馆拜访吉田领事。邮政局长高垣氏系同县人，遂也前去造访。由岩村书记员处，详细打听得大沽至天津这一路之情形。又得高垣氏陪同，前往和城泰拜访三井物产会社[①]驻外职员大冈氏。仙台丸轮预定当天正午起航，中间有两三个小时之短暂时光可供利用，为完成上述走访，本想详细了解之该地商业情况，遂无从得以了解。约定天津至上海时再会，便各自道别。侨居此地之邦人约五十人，非官员而驻留此地者，约二十人，主要有高桥某、吉冈某、金升洋行及华伸洋行细井某等。除高桥某从事委托销售外，其余则主要负责此间出产铜材输出日本之事务。此地铜材之输出，始于前年，去年之输出额，折合白银为四万两。此地输入则以棉纱为大宗，去年一年，自我日本之输入额，即已达九万包之数，折合白银，当在五六百万两之间，且输入者皆为中国

① 三井物产会社，1876 年三井组合并两家较小的公司后创设，后成为三井财阀的核心。

人。三井物产会社只是今年春季才开始尝试，正处于试验阶段。去年一年，我日本船舶来此港之停泊者，为一百零七艘，今年至八月底，则已达去年同样之数，预计全年当比去年增加五成。由我日本输入之物品，以棉纱为例，若不以总额而按比例推算，则中国各口岸当最有希望。此为所闻知之概略。欧人对此地贸易似不甚乐观，甲午战争之前，即已纷纷废业作归国计，战事之后，虽受事态变化之鼓舞而有所驻足，然前景似乎并不明朗。

芝罘之形胜地势：半岛芝罘山，斗出北方，东面为断续之数小岛，环围湾口，茫茫碧波，注满其间，形成一大海湾。海湾异常宽阔，呈敞开状，似不适用于军事一类之目的。如今清国北部之良港旅顺、大连为俄国所租借，威海则为英国所租借，无奈之下，清国军舰只得系泊于此。此日，有一艘意大利军舰入港，趾高气扬，从清国军舰间穿行而过，突然掉过头来，下锚驻泊。近时正值两国纷争不断，目睹如此儿戏般之举动，不禁忐忑不安。街市即所谓烟台，逶迤向东，与威海、宁海相接。明朝时，此地为防御倭寇而设立烽火台，如今已有三万三千人口，干净整洁，则超逾预想，其海山风光，毋宁说跟日本十分相似。只是稍嫌阔大，无细微曲折，故而少细腻之情趣，惟有这一点与日本相异。风土凉暖宜人，驻留清国北方之外国人以此为避暑之地，可见气候之舒适。

芝罘山与成山，同为著名之古迹。据《史记》记载：秦始皇二十八年，乃并渤海以东，过黄、陲，穷成山，登芝罘，立石颂秦德而去。二十九年，再登芝罘，刻石，碑文即由李斯用小篆所撰。三十七年，又以连弩候大鱼出而射之，自琅琊北至荣成山，弗见；至芝罘，见巨鱼，射杀一鱼。《史记·封禅书》曰：秦始皇礼祠名山大川及八大神，八神中第五神名曰阳主，祠于芝罘；第七神名曰日主，祠于成山；“成山斗入海，最居齐东北隅，以迎日出”。汉武帝太始三年行幸东海，登芝罘；司马相如《子虚赋》有句云：“观乎成山，射乎芝罘。”《福山县志》则有下述记载：山又名青城山。山前甘泉腴田，松卉阴翳；其背，峭壁如削，下临汪洋；有梁千户洞，洞中产异草；其东数小山，或岩石，或冈阜，棋布于水面之上，直接崆峒岛；其西南处，则巉岩相对，上有横石，曰石门；湖水出入其间；其西为迁乔谷，上有秦时刻石二处，俱为李斯小篆，今已毁。（所引，据《大清一统志》。）关于此古碑，高垣氏留心甚久。至今残存的仅是础石部分，碑石质地坚致清莹，想来不是当地所产。相传明代福山知县，担心因有此物，大官游览频繁，应接款待，不胜负担，便暗中将其投弃海中，自此之后，便连石片都不曾找到过一块。

我尝持有一论：正如北欧上古之开化，乃萌芽于波罗的海海口之斯堪的纳维亚，中国之文明，亦是萌芽于渤海湾口之现象。齐国邹衍谈天之闳远，即源于此类海上之思想。燕齐方士，一时群起，播弄秦皇、汉武于股掌之上，则正是此类海上思想畅行于世间之时。后世之道教思想，虽依托于老子五千言《道德经》之旨，但与此等方士所言，及流传于《楚辞》、《山海经》中之昆仑说，则多有若合符节之处。当年秦始皇觅求仙人羡门之属，宋母忌、王伯侨、充尚及羡门子高等燕人，“为方仙道，形解销化”云云，事见《史记·封禅书》。近日欧西史家中，有主张印度宗教乃是从海上传入印度者，以至将“羡门”读作“沙门”。而芝罘西北，维系辽东与山东之一组群岛中，即有一岛名为“沙门”，与鼍矶、牵牛、大竹、小竹四岛相接续，苍秀如画；海市蜃楼，常明灭于此五岛之上，则见载于方志。顾炎武《天下郡国利病书》论列《博物志》中所言及之蓬莱方丈，及《十洲记》中之东海不死草、还魂树，称其说虽荒唐不经，然观登莱海市，楼台城郭与人物旌旗之状，瞬息而成，千态万象，根本无从摹写，则海上灵郁之气，泄而为奇怪瑰伟之物，固亦理之所宜有者。综而观之，进而思及我日本天神到来之路径，与任那、伽罗诸国古史之关联，则燕齐海上思想之发达，似亦值得从一有趣之方面做出研究。如是，则徐福率领童男童女，渡海来归我邦，诸如此类之附会传说，也可做稍有把握之解释。加以唐高宗显庆五年，苏定方进击百济，即由成山渡海前往，其时正值我日本齐明天皇在位，天智帝犹为皇太子，为谋求三韩复兴，遂与唐军交战；迨至其后，更有明代之倭寇。追溯彼此交涉之沿革，犹觉其与此地关系之深切，故不觉作此画蛇添足之论于兹。

其二　天津　凭吊　与严、王二子晤谈

船驶离芝罘。由庙岛、沙门岛，及星罗棋布于山东、辽东，构成渤海咽喉之诸群岛间穿行而过。当其时，夕阳欲坠，岛影如画，风力渐渐加大，海浪稍稍变得狂暴，但还不至于有玄海那么厉害。第二天，即十一日的上午八时，船行至大沽海面。这一带海水黄浊，水天间浑莽一片，凭借双筒望远镜才稍稍望见大沽炮台。十一时余，与船员村山及同船而来的田中氏一起，登上中国人之小舢板，驶往白河口。船夫四人，随从潮势之消涨，或下棹，或张帆，或曳绳，及至从炮台下驶过，进入河口，差不多已是下午三时。大沽炮台罗列于河口海岸，擂土筑成，虽甚工巧，只是显得单薄，形状细长，给人的感觉，俨然将实用混同于儿戏。炮也不见有海岸炮那般巨大，之所以还能持以固守，想来大致是因为有三四哩的浅滩，难以从海面趋近攻击的缘故。在两

岸炮台间溯行不到数町[1]，船夫似乎担心白河曲折迂远，抵达塘沽费时，将贻误火车班点，遂频频手指日头，示意太阳行将落山，催我等弃船上岸步行，他们则担着行李跟随在身后。路上遇到三四个苦力，死乞白赖，纠缠不已，遂将行李交托给他们。这段路虽不过三四华里，却无一处树荫，顶着烈日行路，实是害苦了我等不习惯于徒步行走之人。抵达塘沽车站前邦人伊野氏经营之球乐场休憩时，已是汗湿衣衫，口干舌燥，差不多快要喘不上气了。讨得一杯茶来喝过，乘上五时发车的火车，在铁路上行走二十七哩，于下午六时半，抵达天津租界。

铁道为单线，轨道很宽。客车有头等、二等车厢之分，但即便头等车厢，也无铺席褥垫，十分简慢。只是车厢构造之坚固，似要胜过我日本铁路客车之一筹。没有行李托运一说，均由乘客自行携入车中，并自行监管。而在无遮无盖、听任日晒雨淋的货车里，一直站立到终点的乘客人数，则远远多过客车乘客的人数。车到站后，照例无人维持秩序，这便是中国之特色了。担运行李之苦力与车夫蜂拥而至，甚至闯入车厢，场面之嘈杂，实难形容。据说，稍有懈怠，行李即被盗走，乃是常有之事。进入租界，照例要踏过架设在白河上的船桥。这一带人群极为杂

① 町，日本旧时长度单位，1 町约为 109 米余。

沓，在蒙蒙烟尘间，彼此拥挤着走过，方知要看住担扛行李之苦力，大非易事。恰好有前往天津的伊野氏一路陪同，得到熟谙一方水土的伊野氏指点，我们一行才不至于迷失于路途，幸哉甚矣。

透过车窗左右眺望，平芜接天，墁平如抚，不见丘陵。树木只看到杨柳，甚至不成其为树林。惟有栽种着高粱的田地，与上下及四面皆涂抹着泥土的村落人家，散落在这中间。天色与原野的相接处呈现为黄褐色，可见尘土之沉厚，竟致炊烟穿行于高粱地时，都不胜重负，难以升腾，只得横斜在一边。随处可见马群，马匹矮小而又精瘦。支起拱形顶篷的旅行马车一路奔走着，煞是有趣。到处是星罗棋布的坟墓，泥土本少黏性，风吹雨打过后，棺木的棱角便裸露在了外面，惨不忍睹。凡此种种，就像早已预料的那样，便是中国之景物了。

三井物产会社、日本领事馆及正金银行[①]分行，是十一日晚至十二日，我们所走访的三个去处。在三井，邂逅了毕业于东京帝国大学、当年在东洋青年会共事过的会友加藤主计氏。领事馆的井原真澄氏，是我在台湾时[②]便已结识的熟人。受到了十数天来一直渴望着的日本饭菜的款

---

① 日本银行名，全称横滨正金银行，1880 年创设，专事外贸金融，即后来东京银行的前身。

② 内藤湖南 1897 年曾任《台湾时报》主笔。

待，大喜过望。此外还会见了郑领事。正金银行的好友小贯氏，是上个月来到此地的，天津之行遂全得仰仗他来尽东道之谊了。此外，还叩访了大阪商船会社主管杉山氏下榻之阿斯特尔旅馆（Astor House Hotel）。杉山氏说，他是因视察清国航线一事，由上海来此，本有前往新开放口岸所在地秦皇岛视察之意，但因为归期迫在眉睫，恐怕难以成行了。

天津租界，位于所谓的紫竹林一带，西洋建筑鳞次栉比，其气派之壮丽，实为预想之外，系咸丰十年（我日本万延元年）开设，与府城相距约一里①许。河口虽未如大沽，呈埠头状，然而里边却有这么些交易市场，殊为意外。与东京周遭相比，这里尘土更易轻扬，迷蒙一片。气候从这个月起就已进入凉爽季节，东京还在残暑中，故而要比东京好过许多。因为是空气干燥的地方，即便是盛暑，气温高达一百十度上下，也不至过于酷热难当。

据说侨居天津租界的日本人有七十余人，有正金银行、三井、有信、樋口、武斋号等诸家商号。棉纱进口今年已压倒了印度棉纱，份额上升已达其两倍之多，其中三井经手的份额占到了总额的八成，以致中国人经手的进口额反而成了小额。贸易份额甚大，而侨民人数相对甚少，

① 日本旧时距离单位，1日里约为今3.927公里。

且邦人地位甚高，可与其他外国人并起并坐。井原氏认为，此番情形，为天津所特有，中国其他开放口岸则并不多见。我日本专辖制租界，位于紫竹林与府城之间，濒临白河。河滩一带，中国人所建之住屋，密匝猬集，不留一寸空地，对其做出整理，需要诸多费用。

天津租界之盛衰，实与白河休戚相关。三四年来，河道益发迂回，河底日趋淤塞。以往涨潮时，千吨以上船舶都能靠泊租界岸边，如今则连小轮船都难以上下其间；纵然涨潮，大轮船也仅能傍近塘沽车站一带，两千吨以上船只，则难矣哉！浚疏河道之效力究竟如何，此一大问题，虽则天津租界各国侨民及清朝官吏有所讨论，但却莫衷一是，尚未听说有何定论。

天津设府，还是近代的事。明代永乐二年，沿海设卫之际，天津亦跻身其间。清雍正三年，始改为直隶州，隶属顺天府；八年，始得升擢为府。如今俨然成为一大都会，人口号称有九十万之众（实际则为四五十万），但其城郭却不大，以致其街市，多半都在城外。

李鸿章以直隶总督，兼北洋通商大臣，制府由保定移驻此地；二十余年间，因引进泰西新文化、新事物，在此地设立了众多的学校与机器制造局。海光寺机器局便雇用有工匠六七百人，用机器制造洋枪（即我日本之“小铳”）洋炮。据闻，另还设有东机器局，雇用工匠达两千余人，专门制造火药及各种军械，并雇用洋人工匠作为监督。水师学堂便位于东机器局一侧，系光绪六年李鸿章奏请设立。武备学堂则在杏花村隔河对岸，据说同为李鸿章奏请所设，学生定额为三百人，乃陆军士官之培训所，学堂兼学德语。育才馆则由光绪二十一年直隶总督王文韶所奏定，学生六十人，学英文、理学诸科。北洋大学堂，系同一年由盛宣怀筹款扩充，学生定额为二百余人。此外，俄文馆、卢汉铁路学堂、法文学堂等，均系近三四百年以来所创设者。

滞留天津期间，所遇之事，特别值得记述者，乃是与严复、王修植、方若诸氏之晤谈，以及凭吊同乡友人石川伍一死难之所一事。

石川伍一与我，同乡加之同庚，甲午战争之际任军事侦探，为战事中最先殒命之人。此次旅行，必欲凭吊其亡命之所而后安。至天津，屡屡向人打听其亡命之地，竟无人知晓。本来记得传说是被枪杀于天津西门外，照片则表明是古坟累累的郊外荒原。十五日下午，从租界所在地紫竹林，来到天津府城外，穿过据称天津最繁华的锅店街、估衣街，一路转转盘盘，来到西门前，由这里径直向郊外走上数町，穿过社稷坛、先农坛、烈妇坟、育婴堂、施粥厂，来到村落人家的尽头处，果不其然，但见千百个不知其名者的土馒头，零零星星地，与渺茫的原野浑然一色。我友战乱身亡之地虽无从辨认，但追想当年，心中感慨满溢而出，难以自抑。然而，石川殒命未及数年，竟不见有人以一石标识他的名字，而天津的侨民中，也没有一人知悉他的殒命之地，这尤其令人深感凄怆。

与严、王诸氏会面，即为是日夜晚。由我设一小宴，招请他们至我下榻处的第一楼。大前天，即十三日，去《国闻报》馆见到记者方若（号药雨）时，顺便问及此地有哪些名流，方氏即告以数人名氏，分别为：

严复，字又陵，福建侯官人，现为北洋候补道，水师学堂总办。

王修植，字菀生，浙江定海人，现为北洋候补道，大学堂总办。

陈锦涛，字澜生，广东南海人，现为大学堂西文教习。此人为清国算学名家。

蒋国亮，字新皆，浙江诸暨人，举人，现为育才馆汉文教习。

温宗尧，字钦夫，广东香山人，现为海关译员。

王承传，字钦尧，安徽桐城人，现为旗兵学堂德文教习。

均为通晓时务之人。本想请他们汇集一堂，见上一面。但《国闻报》西村氏忠告说，按中国人习惯，官阶不等，汇集一堂，则有所不便，故决定先宴请严、王二氏，方药雨及西村、安藤虎男（三人均为《国闻报》记者）、小贯庆治等人，也一并招请。

严复年岁四十有七，二十年前曾作日本之游，十年前游学英国三年，熟谙英语，译有赫胥黎著书，名《天演论》者，印行于世。眉宇间有英爽之气。戊戌政变以来，于人人钳口、噤言自危之际，此公往往谈论纵横，不惮忌讳，盖系此地第一流人物也。王氏年岁四十有一，容貌温藉，为人得体，虽不解西方文字，犹任现职，是个有才干的人物。方看似犹三十上下，号药雨，兼擅作画。与他们所作一夕之谈，多半以笔代舌，虽尚来不及互尽底蕴，但也足以见出这些多少有些新思想之人物，所持有之主张，因而择其要者，记录如下：

王　昨日方君见告，先生游历至此，未待我等尽地主之谊，即承先施之雅，甚感甚歉。严君已有转约，想来惠然肯来。

闻先生为《万朝报》馆主笔，平日想必富于著述，不知是否悉已印行？能否以之见示？

我　平生从事报纸行当，所著成书不多，身边所携仅一种，当乞贵鉴，只是邦文印行，难以得到大雅批正，此为恨事耳！（遂以《近世文学史论》一册相赠。）其余如《诸葛武侯》及《泪珠唾珠》，今皆未及携来。

敢问贵国时局，当从何处着手，方见起色？

王　政府诸公，大多已是耄耋之年，倦怠于政务，必无改革之望。鄙意须从百姓自相团结做起，只是鄙国之人不学无术者居多，见解甚为短浅，恐怕一时尚难语及。

我　贵国时事，尚难变法耶？

王　目前尚无从语及，大约十年之后，列国交相逼迫，即便上层不变，下层也不得不变矣。

我　变法亦非可以轻易谈论之事，鄙邦三十年来，以变法为富强之本，然而，今日看去，措施失当者，亦复不少，这一点，宜乎贵国志士引以为鉴戒。只是鄙邦之人勇于进而拙于守，贵国之人则相反。进者退之，退者进之，贵国今日之事，想来犹未遑言守成耳。

王　尊见甚为高明。去年诸君子，亦正坐知进而不知退之病。

我　康、梁二君，我在海东曾见过。康氏意气过锐，此所以招致失败者也。开百年太平之基，当以培育精英为务。先生职已存此，望有待百年之后方能见效之事，毋期以岁月之间即成。只是，未来十数年后，不知贵国成何情状，为可虑耳。

北洋大学堂，俊彦之士想必甚众，敢问现有学生几何？所课何事？

王　敝学堂学生，分为八班，每班三十人。自进入学堂之日算起，八年后始得毕业。前四年教以传统之学，后四年则分习专门。专门则有律例、工程、矿务、机器四科。敝人不通西国文字，忝列此职，抱愧之至。

以外国文教授工艺、制造之学，事倍而功半，鄙国今日教育之法，即坐此病，此乃世界各国所无者。鄙意以为，教育之事，还须从广泛翻译做起。

我　译书之局，今已撤销乎？

王　北京去年已撤，目下上海学堂译局犹在，只是主其事者，均系急功近名之人，务以翻译武备之类书籍为要，则又误矣。近日严君拟在天津开设译局，已向北洋大臣言及此事，只是尚未得到允准。

先生明日将赴北京，不克叙杯酒之欢，甚歉。大约十日之后，不佞亦拟赴京，不知先生在京将作几日勾留？

我　当有十数天时间。先生赴京，拟寓何处？

王　不佞赴京后，拟寓潘家河沿杨宅。届时当至贵国公使馆，访求先生踪迹。矢野公使亦是熟人。

以上所录者，系与王蘧生之对谈。

严　先生何时抵津？拟作几日勾留？以前可曾到过北京？

我　西历九月十一日来津，拟于明日前往北京，停留旬日之后，当再次回到此地。

严　声应气求，不拘形迹，先生赏饭，及于不佞，不胜欣喜感念。

我　承蒙方先生惠赠，得以奉读大著《天演论》，文字雄伟，不似翻译，诚可见出大手笔矣。

严　因欲读者易于通晓，故不拘泥于原文句子次序，然而此举实非译书正法眼藏，弟近来所译之《计学》，则谨守绳墨，他日书成，当以求教。

我　鄙邦明治维新之时，最患府帑空竭，以至借贷于富豪，以济一时之急。想来贵国时事，亦复如是。敢问府帑充裕，有何良策？

严　国家岁入，止有此数，求其常足，主持财政者，当于新旧缓急之间有所斟酌。既已为新，则应节制其旧者。若新者日进而旧者不除，自然会日形不足矣，此正是敝国近日理财之大弊也。搜括无遗，以供给无益之军政，则尤其耗费财政。如今日之兵，虽百万之众，亦无益于胜负之数。先生以为吾言何如？（末节乃暗中讥刺刚毅[①]在江南、广东筹款之事。）

我　敝邦之岁入，现为二亿五千万圆；以贵国十倍于敝

---

① 刚毅(1837—1900)，曾任军机大臣，后以工部尚书协办大学士。

邦之土，政府岁入不过一亿余万，其原因盖在于中饱私囊之弊。防范此等弊端，岂无良策可寻？

严　“枵腹从公”，此人情所必不能者。故而，欲无中饱私囊之事，必先从增加俸禄始。俸禄不增而欲杜绝中饱私囊，则为虚与应付、自欺欺人耳。

我　京中有可以与之谈论时务者乎？

严　自戊戌政变以来，士大夫钳口结舌，何处有可与言时务者，吾不知也！

今日得以一瞻丰采，殊感欣幸。当与足下缔结一重翰墨之缘。

以上系与严又陵所谈之话语。此日严来稍迟，故所谈者亦较少也。

如是，翌十六日赴北京，与正金银行小贯氏同行，不想竟闹出没赶上火车班次之大笑话，遂延迟一天，至十七日，方得以赴北京矣。

其三　北京　沿革　城墙赏月

天津至北京的铁道，即所谓卢津铁路，又名津京铁路，在卢沟桥连接卢汉铁路。其间，由名为丰台的车站分叉出一股，抵达北京南郊的马家堡车站。马家堡与北京的外城永定门之间，相距仅我国的半日里之遥，故而站名就叫永定门。天津至永定门，急行列车三小时即可抵达，相距将近八十英里。宽轨，复线。客车的构造与塘沽天津间的一模一样。车窗外望见的风景，与天津附近一带相较，绿树转多，满目苍莽，铁路从南海子（位于北京南端的一处开阔园囿）绕行而过的那一段，原野的景色变得越发壮观，不时有骆驼群，或躺卧或直立，出现在眼前，一见这朔北风物，不由得精神为之一振。从马家堡坐上大八车[①]似的中国马车，驰走在蒙蒙沙尘之间。马家堡与永定门之间虽开通有电气铁道，但对携

---

① 日本旧时一种两三人拉的运货车。

带行李者来说，在永定门换车却至为不便。进入永定门，右边为天坛，左边为绵延数町的先农坛红墙，两相间隔数百步，恍若一条纤细的丝线。穿行在其正中间的大道，自去年以来，修缮成了开阔畅通的砌石路面，直达内城正南的正阳门，其规模之宏大，实无愧于一个庞大帝国的都城。由此进入内城，从棋盘街右拐，便到了有公使馆大街之称的东交民巷的林氏家，我即客寓于此。城墙构造的宏大壮伟，虽已曾耳熟能详，但亲眼目睹之下，更是惟有为之惊叹而已。正阳门等，竟有离地九丈余云，城门在穿凿城墙而过的甬道外，更呈一偃月之形状。外门则通往正前方的一条道及左右的两条道，正前方的那条道通常是关闭的，因而左右的两条便成了通道。城中泥土呈灰色，就像轻灰似的，脚一踩上去，便飞扬起来，天色便变得晦暝不已。步行数分钟，衣服便都变成了灰白。如果坐上马车驴车，情形就更严重了，没蹄的尘沙高扬在驴马车的行迹之上，人影马影便都淹埋在了尘沙之中。不过，眼下正是清秋季节，天空寥廓，无风，凉爽，正是一年四季中最好的时节。当其蓬蓬春风从辽阔无垠的平野上吹刮而来，天色朦胧，日光为之赤红如血，当此之时，随你如何密闭于室内，也终难防得住尘沙粉扬侵入。由于风土干燥，冷起来冷得厉害，热也热得厉害，可人的体感却并不怎么强烈，因而很难说这地方便是有损于健康的。只是心悸这尘沙，便自行减少了出门的机会，因而侨居在这里的邦人，大抵都会为此而向人一诉其苦衷。

正如在天津时严又陵对我所说的那样，戊戌政变以来，士大夫皆钳口结舌，无有敢出其声息者，因而我在北京，终未能找到一个可以一起说说话的人。据侨居北京的几位邦人讲，政变之前，翰林院人人都喜欢跟邦人交游，可如今则完全断绝了来往，会面之事更是一概回避。朝廷的排外情绪仍有时时发作的势头，眼下局势颇不明朗，报纸传闻，多为揣摩之谈，殆难置信。即便经由一道道麻烦的手续，去跟李鸿章等人见上一面，实际上也涉及不了与清国将来命运攸关的事，故而也便先自断弃了在这里与中国士人面晤的念头，决定暂且作一次长城之游览。

按，今日之北京，乃辽、金、元以降之古都。辽太宗会同元年，擢升幽州为南京析津府，改筑都城，位于今日北京城之西南，周长三十六里，有八道城门：东面曰安东、迎春；南面曰开阳、丹凤；西面曰显西、清普；北面曰通天、拱宸。宋朝宣和年间（徽宗时），改名为燕山府，府城周长二十七里，楼台高四十尺者，九百一十座，环以三重城濠，开有八道城门。金贞元四年，废主完颜亮驾幸此地，称燕京，改为中都，析津府改为大兴府，下令增扩都城，周长七十五里，设城门十三处：东曰施仁、宣曜、阳春；南曰景风、丰宜、端礼；西曰丽泽、显华、彰义；北曰会城、通元、崇智、光泰。元世祖至元四年，改筑都城于旧城东北，方六十里，设十一道城门：正南曰丽正，偏东南曰顺承，偏西南曰文明；偏东北曰安贞，偏西北曰健德；正东曰崇仁，偏东南曰齐化，偏东北曰光熙；正西曰和义，偏西南曰肃清，偏西北曰平则。九年，取名为大都城。至正九年，十一门皆筑瓮城，架吊桥，以为守御之用。明洪武初年，改为北平府，于都城之北收缩五里，废弃东北及西北的光熙、肃清二门，其余九门一仍其旧。不久，改安贞为安定、健德为德胜、崇仁为东直、和义为西直。永乐七年，为北京城。十九年宫殿营建完毕，随即拓展城墙至周围四十里。正统二年，修筑城楼，四年工成，乃改丽正为正阳、文明为崇文、顺承为宣武、齐化为朝阳、平则为阜成。清朝鼎建，九门之名一仍其旧。城内定为八旗居址，其形状大致呈方形，以石头垒筑城基，砌砖，中间充填以泥土，城高三丈五尺，雉堞高五尺八寸，墙脚厚六丈二尺，顶端为五丈，周长四十里，相当于我六日里余。城门之上为谯楼，城墙四角则筑有角楼，均覆盖以绿色琉璃瓦。

明嘉靖三十二年增建外城，又称罗城，按照原定的擘划，本该环围内城，建成一座方圆七十余里的大城，但由于工费浩大，只是建成了揽住南端并转而襟带东西角楼的这一部分。设七座城门：南曰永定门、左安门和右安门；东曰广渠门、东便门；西曰广宁门、西便门。嘉靖四十一年，七门加筑瓮城，至四十三年六月建成。瓮城高二丈，雉堞高四尺，墙基厚二丈，顶宽一丈四尺，周长二十八里，即为我四日里二十五町余。

皇城位于内城中，呈方形，周长十八里（一侧之长度，则为我国之十一町五十间[①]也）。城墙高一丈八尺，墙壁涂成红色，上覆金黄色琉璃瓦。西南为大清门，稍北为长安左门及长安右门，东有东安门，西有西安门，正北方为地安门，旧时称北安门，顺治九年改称地安门。大清门内为天安门，天安门内又有重门，称端门。端门内，左为左阙门，右为右阙门。大清门则为三阙，飞檐重脊；天安门五阙，上覆重楼；以金水河相环绕，河上架设五座石桥。

紫禁城则又位于皇城之正，呈方形，周长六里（南北长约我国之六町三十三间余；东西长则约为我国之八町二十四间余），墙高三丈，雉堞高四尺五寸。墙皆涂成红色，覆以红瓦。南面称为午门，左右两边则是左掖门与右掖门；东面为东华门，西面为西华门，北面为神武门。

据《辽史 · 地理志》，皇城位于辽南京析津府西南

---

① 间，日本旧时长度单位，1 间约为 1.818 米。

隅。大内之门当时称宣教门；外边三道门，分别称作南端、左掖与右掖；西面为显西门，设而不开；北面为子北门。后改宣教门为元和门，改左掖门为万春门，右掖门为千秋门。金代，宫城周长为九里三十步；天津桥迤北称宣阳门，穿门而过，有文、武二楼，文楼折而向东，为来宁馆，武楼折而向西，则为会同馆；正北为千步廊，东西相对，廊的正中间各有一道偏门，朝东即为太庙，朝西为尚书省。至通天门，后改名应天楼，高八丈，有朱门五道，东西相去一里余，又各设一门，左为左掖，右为右掖。城正东称宣华，正西称玉华，北面称拱宸。元代宫城，周长九里三十步，设有六门：正南为崇天；崇天之左为星拱，右为云从；东为东华门；西为西华门；北为厚载门。四座角楼，则据于宫城之四隅。明代初年，于元皇城旧址建燕王府，即今日之西苑。永乐十五年，皇城向东改建，相距旧宫一里许。其时东华门外，民居逼迫，喧嚣之声，达于禁御，故而宣德七年，乃加以恢廓，将东华门挪移到河东，让居民搬迁至灰厂西面的空隙之地。概言之，辽、金以来，皇城屡经改徙，至元、明二代，制度乃备。

金朝都城之残壁，至今犹残存于右安门外西南二英里许处。颓圮之土墙，高至二三丈，南北凡二英里，东折，亦二英里许，大致为其西南之一隅。从其周七十五里推算起来，似远远大于现有都城的规模，也大于元代的都城，据此当可想见海陵王的好大喜功。元代之规制也要大于现有之规制，所谓 KHANBALIK（意为可汗之都），即马可·波罗所记述为 KHAMBALIK 者也。元都城之残壁，位于今城墙西北隅稍北处，朝北延伸一英里半许，折而向东四英里许，与今之北面城墙相平行，再折而向南延伸约一英里半许，与今城墙之东北角相交接。其西南残壁之中段，当时之门址犹存，环围以半月状之女墙，里边有一小寺观，与现时门的形状恰好相似。此便为都城沿革之大略。

此行本打算上长城去观赏中秋之月的，可一行事不凑巧，延迟了一天出发，于赴长城的前夕，在北京城里过的中秋。是日走访古城贞吉氏，上北京城墙观月的事，便是在说话间匆匆商定的。筑紫辨馆的中村氏为此备下了酒和菜肴，一同前往者，有古城氏，《大阪每日新闻》的安大氏，筑紫的中村、伊藤二氏，加上我与小贯。从崇文门内的台阶，给了守城人一点钱，登上城墙，月亮已升离于外城城墙，高悬在那儿，多尘土的北京空气，惟有中秋最为澄净，白昼污陋憋闷、沙土掩住轮毂的街市，也洁净得有如冰莹一般。崇文门谯楼的戍卒，将戈矛之类的兵器当作手杖玩耍，正玩得兴致勃勃，也顾不上盘问我们是谁，在这里做什么。城墙每隔开三百码[①]，便会出现特别宽厚的

① 长度单位，1 码约为 91.44 cm。

一段，即所谓扶墙。我们在崇文门东边约第五个扶墙之隅，雉堞破损之处，铺席设筵。城墙上虽铺有砖瓦，但茂盛的杂草没过了人头，甚至还长着数丈来高的树木。月光倒映在城墙外的护城河里，随处都是北京居家的稀疏灯影，透过如烟的杨柳，闪烁其间。三三两两，徘徊在护城河边，鼻中哼着小曲的中国人的身影，则隐约可见。眺望中的都城，但觉无限凄凉，以致无法想象，这便是当今君临于四亿生灵之上的大清皇帝栖居的皇城，故而惟有潸然泪下。赏月之筵行至一半，海军中佐泷川也来相会，逾十时顷，乃尽兴而散，打道回府。

其四　长城　明十三陵

二十日清早，偕同《朝日新闻》上野靺鞨及小贯氏，寓居主人林氏做向导，骑驴从北京出发。横穿东长安街，由东安门入皇城内，傍紫禁城城墙，一路迤北。出得城墙，但见林樾浓绿的山丘之上，二三亭榭，黄瓦丹柱，景色如画，那便是人们所说的景山了，又称万岁山，是明崇祯帝遭遇李自成之乱，留下哀痛的诏书，自缢身亡的地方，又称煤山。据传闻，山丘内里，皆以煤炭堆积而成，以备一旦有事，或都城被围等不时之需云云。然而，危急关头，既有如此坚固之城墙可供守卫，崇祯帝鸣钟召集百官，尚且无有一人前来应命；而晚近又见有这样的例子，咸丰年间，英法联军侵入之际，皇帝仓皇落逃至热河一带。那么，储存煤炭，以备不测，究竟又有什么用呢？这里地当大内北端，沿城墙西折，景山遂被拉在了身后。时不时地回首顾望之间，一行人便出了北边的地安门，迎面而来的是鼓楼。再向西北一路逶迤行去，右边所见者，据云便是当今皇帝生身父亲、已故醇亲王所建的某寺院。至德胜门（城北二门中靠西边的那道门），遂离开北京城。从这里到沙河驿，须得朝西北方向行走五十华里。行至八里处，见有元代城墙残存的土墙，人称土城。顾炎武《昌平山水记》中记述说："正统十四年己未，也先奉上皇车驾登土城，以通政司左参议三复为右通政，以中书舍人赵荣为太常寺少卿，出见上皇于土城。"即是指的此地。这一路，路幅虽广，然皆为沙尘，马蹄过处，蒙蒙滚滚，加上日头炎热犹在，但觉呼吸憋闷不堪。驿站夹在东流的沙河上的两座石桥之间，石桥系明代所建，虽岿巍壮观，但已渐呈颓堕之态，桥上铺石高低不平，驴背颠簸，乘骑者殊为之苦。此驿有满兵驻守，为一把总所统领，但见城墙四处颓圮。用过午餐后上路，至南口，复西北行四十里，一行二人，皆已疲倦，遂在沿途一村落，路边稍事休息，但这一休息，就几乎站不起身了。途中，大致是居庸关一带，所见之山，奇峰列耸，呈荷叶皴状，渐近南口，则呈小斧劈皴状。其关隘之峻险，可想而知，实无负于雄关之名声，直让人按捺不住，一心只待明日之饱览了。这一带，田野平整如划，西山列峰群峙，白色的川濑砾石拖曳其间，村落林树四处星布，景色与我邦何其相似乃尔！数日间，疲惫于茫茫野色之眼界，为之焕然一新。途经略显高平之地，乃最宜于放眼观望的一个去处，盖所谓龙虎台也。元代之时，车驾巡幸上都，往来之间，皆驻跸于此台地之上，并留有明代成祖、宣英二宗北征时曾驻跸于此之古迹。午后五时，入南口镇。

南口镇距北京三十英里，属顺天府昌平州，因地当居庸关南口，故得此名。镇以北，山势威逼，通溪流，遂成居庸关之峡路。《昌平山水记》曰："居庸关南口，有城，南北二门。《魏书》谓之下口，《常景传》：都督元谭据居庸关下口。《北齐书》谓之夏口，《文宣纪》：天保六年，筑长城，自幽州之北夏口至垣州，九百余里。《元史》谓之南口，自南口以上，两山壁立，中通一轨，凡四十里，始得平地，而其旁皆重岭叠嶂，蔽亏天日。"即指此地。入镇前，已见镇之远方两山阻绝处，烽燧台高高耸立，颓壁与之相连，构成长城之姿。镇口有墙门，望去似与烽燧台连为一体。顾祖禹《读史方舆纪要》曰："明初既定元都，洪武二年，大将军徐达垒石为城，以壮幽燕之门户，即南口城也。"既如此，但觉今日之城墙，犹为当时之旧规，只是其南北口之戍守，自元代即已有之。金朝覆亡之时，冶铁锢居庸之重门，布鹿角蒺藜百余里，守之以精锐。元太祖问计于札八儿，答曰：由此向北，黑树林中有一间道，可一人骑行，若勒兵衔枚以出，终夕可至。乃遣札八儿轻骑前导，自暮时入山谷，至黎明，诸军已在平地矣。疾趋南口，金鼓之声，仿佛自天而降，金人遽告溃败。南口见载于史乘之关系重大者，即有如此。在一家旅店住下，一行三人则已体痿气疲得说不出一句话来，虽也洗澡、就餐，却连咀嚼的力气也都差不多消失殆尽，幸好得力于我随身带来的梅干，才稍稍提振起了些食欲。是夜同样月色清朗，峡口景致，想必十分静谧、奇异，但吃过饭后只想上床躺下，早已没了赏月的雅兴，遂将随身携带的寝具展铺炕上，躺下了事。这一带地当张家口至内蒙古的通道，一路上遇到的驼群络绎不绝。因为疲劳得太厉害了，彻夜惊梦不断。裹着夜色，从门外过路的驼铃声，时时轧轧作响的车辘轳声，驴马的嘶鸣，屡屡打破我的睡梦，由此方明白了在中国旅行的苦涩滋味。须得记述的是，至长城这一路，前来游览的外国人络绎不绝，因而在中国内地，就旅行而言，这要算是最为方便的一段了。二十一日清早，从南口出发。峡中晨风拂面而来，令人心旷神怡，疲劳、体力也稍觉舒解和恢复，并且也已稍稍习惯了驴背，也便不觉得本该诉说的苦衷，真的有想象的那么严重了。从这里至八达岭为四十华里，攀行十五里，为居庸关城。建筑颇有些年头了，应该可以认定是元末明初时的建筑吧？ 关门的左右，城墙蜿蜒，横涉溪谷，跨越峰峦，即便是峻绝异常得难以措足之处，也都筑起了重重叠叠的砖墙。最高峰顶，危岩之上，烽火台摩天而立，委实足以令人望之惊骇不已矣。志书中，有所谓“跨水筑之，南北二门”之记载。二门中间，有一座谯楼模样的建筑物，底下像是一道门关，却不设门扉，由坚致莹泽之石材建造而成，门阙不作半圆形，半截为八角形。门关里外有种种奇异的雕像。倾斜的天穹上，左右各为五尊佛像；四大天王雕像，则两两相对，分列于两壁，雕塑成半身裸露的模样；在两两相对的天王雕像之间，则以六种文字镌刻着《陀罗尼经》①，这六种文字即为汉文、梵文、藏文、蒙文、维吾尔文和女真文。据欧人考证，此处即是原先那座高大宝塔之基址云。根据其佛像的面相，其所使用的六种文字，以及荒置其关隘门户之功用，徒为庄严之摆设，且将其建筑在如此紧要的地方，加以考虑，则一见之下，大致似可想象得到，此系元代之制作者也。顾炎武《昌平山水记》则对之有如下记述：

> 城之中有过街塔，临南北大路。累石为台，如谯楼，而窍其下，以通车马。
>
> 上有寺，名曰泰安。正统十二年赐名。下窍处刻佛像及经，有汉字，有番字。《元史》泰定三年五月，遣指挥使兀都蛮，镌西番咒语于居庸关崖石。今其刻甚

① 梵文音译，佛语，可译为总持或能持，即坚守护持种种善法，及祛除种种障孽之意。此处指《陀罗尼经》。

多，非一时笔。而元葛逻禄《乃贤诗序》言：关北五里，有敕建永明宝相寺，宫殿甚壮丽。三塔跨于通衢，车骑皆过其下者，今亡其二矣。

然而，孙星衍《寰宇访碑录》认为是元之至正五年。又近时李文田有诗云：

过街石塔尽嵚岑， 泰定三年凿字深；
书法蒙古兼畏吾， 眼明犹有顾亭林。

且自注云："《泰定本纪》：'遣兀都蛮刻经咒于过街塔。'事在三年本纪中。余亲至其下，则至正丁酉，不云泰定三年也。"又云："右过街塔图，俄人以为万里长城门额。"盖李氏以俄人门额之说为非，而以顾炎武寺塔之说为是。不过，判定泰定年间似乎有误，泰定所刻，我以为当为居庸关崖石，而非此塔基者，顾氏本误。至正丁酉即其十七年，《访碑录》作五年，亦误，五年乃乙酉。致误之因，大致可以推定。概言之，建塔之事当为至正十七年，只是彼崖石咒语，至今是否仍存留人世，则已无从得知。出北门，往一边再走上八里，即是上关之北门，皆刻有"居庸关"三字，从其字体的丰腴硬朗来看，当知尚是晚于明代的建筑。凡此沿途，苍翠山崖，屏列左右，皆由巉岩构成，大小斧劈，层出叠见，山势极为峻险处，则酷似石笋攒矗，其神奇之状，虽我邦名山，亦所罕见。倘若在吾邦，当可看到松桧点缀其间、涛声闻于半空、奔湍激石、脚下飞雪之类的景致。而此地的山上，惟有仅能蔽土的枯黄寸草而已，眼中所见，无非石砾间无力流淌的溪水，不时出现在溪畔的七零八落的杨柳和村家，稠密的羊群则与稀疏的驼群交相错杂。道路依傍重重阻隔的山势延伸开去，不过，倒也并不至于那么险峻。沙砾扑杂，驴蹄躞蹀，尘土自然也便飞扬而起。想起《唐土名胜图会》的画家，但凭我邦人之想象，便将松树等添饰在居庸关的景物上，遂成了匪夷所思，且惨不忍睹的一种景色。《水经注》云：

> 漯余水导源居庸关山，南流历故关下。溪之东岸有石室三层，其户牖扇扉悉石也，盖故关之候台矣。南则绝谷，累石为关垣，崇墉峻壁，非轻功可举。山岫层深，侧道褊狭，林障邃险，路方容轨。晓禽暮兽，寒鸣相和，羁官游子，聆之者莫不伤思矣。

如今，候台石室早已湮没不见踪迹，《水经注》称林树者，也早已不见一树，伤思云云，反而应该是针对其荒凉之状而发了。古今之变，竟至于此，但觉感怆难禁。稍稍前行，至一两山相逼、岩角掩流处，名曰弹琴峡。此处离上关七里，两边山崖上筑有小阁，安置佛像，截取原生之山石作为磴道。据欧人所言，此处为明代建筑。崖石上摩刻有“镇燕关”三个大字。又前行七里，为青龙桥，由此向前，道路稍稍曲折，行三里而抵达岭上。想来这里也是与前面两道关门差不多相同的一处建筑。大门两侧的墙由石头垒筑而成，虽历经二百数十年而不见有青苔簇生之迹象，当是此地风土干燥之缘故。长城蜿蜒绵延于此起彼伏的峰峦之间，极目四望，不知何处是尽头。关隘大门上镌刻着“北门锁钥”四个字，字体则与居庸关如出一辙。此处便是所谓的北口了，属于宣化府延庆州，岭高海拔两千尺云。稍稍下行，地势稍显平衍处，又遥遥望见一道关隘，但未前去观瞻，想来当是北口的北门了。由此前行五华里为一岔道，村树、民屋便参差散布在城墙的远方。由此向北，四周山峰峙立，中间自然坐落着一处乡村，从岭上望去，但见对面连绵的山峦，以及这边村落的屋墙、树林，历历在目，仿佛伸手可掬，不由得想起在谈山绝顶，曾望见过的大和平原的景致。宣化府的东南部，即连绵山峦之彼侧，但见地势与内蒙古相连接。下驴，踏上倾颓的城墙，从城墙上纵览前后形胜，山风拂袂，强劲得几欲将人掀倒。自古以来，有多少朔北英雄，策马奔赴中原，行至此地，但见烽火将熄，旌旗委地，无一卒守关，大有吞吐八荒之气宇，遥想此番情景，纵然不想为之神旺气昂，又哪里是我所能做得到的？！ 城墙一侧有一座古炮，虽经风雨锈蚀，但还残留着当时守备的遗痕，系明万历年间所制。按，《昌平山水记》云：“八达岭下视居庸关，若建瓴，若窥井。故昔人谓‘居庸之险不在关城，在八达岭’。而岔道又为八达岭之藩篱，元人于北口设兵，其得地形之便者欤？”待我亲身勘踏其地，始知顾氏之言，果真是明察条理。居庸之险，自古以来就有人谈论。《吕氏春秋》、《淮南子》皆视其为天下九塞之一。《金史》称：中都之有居庸，犹秦之有崤函、蜀之有剑门也。山由太行迤逦北向至此，数百里不绝。从山麓至山背，皆为陡壁峻崖，不可登攀，穿行其间的山径称为陉，居庸则是其第八陉。所设关隘，据《汉书·地理志》，则由来已久，然而，至今尚未有人能够依恃这道险要关隘而固守住此地。辽金之际，金元之时，延至李自成之明末，莫不是如此。顾炎武慨叹说：“地非无险，城非不高，兵非无多，粮非不足也，国法不行而人心去也。”如今南北二口之间，一路上的民家，门户上都还插着写有“守望相助”这四个字的小旗，但其实际效用，则根本难以指望。凡长城建筑，高二丈余，宽七八尺许，雉堞罗列，每隔数百步，有一阁状之谯楼，作为人力制造物，虽也备极雄壮，然而，因为绵延在山谷间，蜿蜒起伏，遥遥望去，仿佛只是镶在大幅布帛上的一道细小的镶边，虽有纤丽之致，却毋宁说，并不能进而给人以雄大之感。以此与山岳之雄、天地之伟、造化之大，做一番能力之比较，念及人类之渺小，心中不由得为一种凛然的崇高感所撼动。紧挨着城墙的，照例是高粱已被收割的旱地。岭头门侧的小石碑上，可以看到记刻着居庸关之由来的文字，但下半段已被折断，断裂的部分也已被丢失。中国人固执于实利而匮乏风雅之气，由此也可以略见其一斑。古炮未被掠走，当缘于其重量虽巨，但对中国人说来却铁价殊贱之故。此炮若是铜制，则怕早已亡失于往昔，而凭吊之客也将因此而减少一份发思古之幽情的名目。一行诸人，相语一笑，落座在断垣残瓦上，做片刻憩息，取出面包，聊充午餐。

感念于壮美雄大之景致，归去的路上，遂抖擞起精神，加鞭策驴而行。至先前的那座古塔时，又低回流连不忍离去。回到南口，已是下午四时。是夜天阴，坠下二三雨滴，不免牵挂明天天气。天亮却是开晴，不时有微云遮住天日，反而蠲免了不少头顶烈日赶路的行客之劳累。正待前往明十三陵，遂沿着山边的小道，一路向东，原野小径不起尘埃，反而比大路好走。自居庸关绵延而来的峰峦，到了这里依然是奇岩攒叠，直刺苍穹，苍润欲滴，让人大饱眼福，心旷神怡。听说其间有三十华里，正寻思着将过二十里之时，便有一座陵墓率先出现在了左边的视野里。稍稍前行，待绕过一座小山峦，突然间，但见四周青山环围，方圆南北约二里、东西不到一里间，一道溪谷，自然形成一上佳之墓地。十余座陵寝依山而筑，金屋丹壁，若隐若现于翠绿树丛间，令人不觉心驰神往。十三陵无从一一遍观，游客至此，每每最想前往观瞻的，乃是历史最为悠久之永乐帝长陵，位于天寿山之南。我们一行也前往此陵。流经此地的河道上架设的壮丽石桥，大多已与河水一并荒圮，桥上尚可行人者，仅剩一二座之数。跨过最后一座石桥，尽是石块铺路，纵然杂草茂盛，也终不能将其掩埋于草丛之间，抵达陵前，但见墓墙内外，松桧之类，郁郁苍苍，想必都已是历经数百年沧桑之物矣。

中国人有关坟墓之诗作，多用松楸一词，乃纪实之笔也。所到之处，无非杨柳、白杨、榆树之类，除此之外，不见有其他树木；其常绿乔木，惟于坟墓之畔偶尔见之。元、明以降之画，所谓青绿山水，除多见杨柳，殆已无有可以入画之树木矣，比之宋人笔下老郁苍劲之松柏，甚感柔弱无力，此亦当为眼界囿于实景之自然结果。邦人之从事南画者，因学此无力之笔法，不肖我邦苍郁多趣之景物，其愚堪可笑也。所作岩石，也无苍润之苔色，一味干燥枯瘦，此类文人画风，亦同样是地力竭蹶之故，遂成中国景物写生之格局。以此为尚，仿而效之者，则大谬。

与一见外国人便顿起贪婪索钱之心的守陵人，费去许多口舌，且被狠敲了一笔，这才打开了墙门。右侧是一碑亭，碑的正面刻着顺治十六年上谕，无非是出于清朝笼络人心政略之考虑，表达其不忍听任前朝陵寝沦为樵牧随意出入之残破境地的一番美意；碑的背面，则刻着乾隆五十年，天子前来谒陵时亲笔题写的八韵诗，略陈其为前朝复仇吊民之意。右侧是嘉庆九年嘉庆帝的谒陵诗，韵次乾隆帝，同样也是御笔。往里经过的两道门，构架与我京都禅宗名刹如出一辙。坐落在左右的瓷制小屋，看去似是焚烧纸钱的地方。享殿结构极宏伟，石阶均为纯白之大理石，石阶中部及栏杆，雕刻甚美。门面宽约七十码，由十楹柱所支撑，进深约三十码，由六楹柱所支撑，楹柱周长一丈二尺，高三丈二尺，想来都是以传闻中云南、缅甸运来之楠木制作而成，一根楹柱需耗用一棵巨大楠木木材，不见有任何拼合之痕迹。里边安置一龛，朱漆已然剥落，龛中有一朱漆牌位，镌刻有“明成祖文皇帝”六字，烫金，从其字体及“明”字之上未冠一“大”字推考，当为乾隆年间所改置。龛前有一桌，陈放花瓶、烛台及香炉。至享殿后，进而过一道门，但见松柏密生，夹峙石道两侧，益增其庄严肃穆之感。再往里去，是一座大理石石坊（即牌楼）及同样用大理石制成的一方陈放香炉、花瓶、烛台的巨大石桌。再稍稍前行，便是陵寝了。据欧人称，陵寝周长超过半英里，高一百五十尺，为树木所掩映。宝城前一阁为两层，下层系砖砌，下通一条发出回声之甬道。入甬道前行，至一丁字路口，分左右两道，缘道拾级而上，便来到阁楼上层，四面洞开之明楼中央，竖有一巨大之大理石石碑，上面镌刻有“大明成祖文皇帝之陵”九字，“大明”二字字体颇小，篆文。碑面本以朱红色彩绘，剥落之痕，有如自然之纹理。阁中题名，多为邦人所为，也掺杂有欧人。由此处展望，十三陵之景物，大半落入眼中。陵寝建制大致雷同，只是格局大抵更小、更粗糙而已。

又于陵前，食随身带来之面包，聊充午饭。打道回府时走的是主道，逆进陵时之顺序，一路看去。过断桥数百步，为三座满是雕刻之石制牌楼。由此向前，每隔二十码，便有石人、石兽分列于道路左右，成为一道甚为壮伟之景观。此即勋臣像两对、文臣像两对、武臣像两对，石马、石麟、石驼、石獬豸、石狮各两对。石兽则一对站立，一对蹲踞，皆长一丈余，以灰黑色砂岩雕塑而成。石兽的尽头处，有两根石柱，柱身镂刻有雷电纹。又有一座大碑亭，里边是洪熙帝即成祖嗣帝所建之成祖神功圣德碑，其龟趺长一丈二尺云，则碑身之高，自可推想而知。背面刻有乾隆五十年御笔三十韵诗，左边则刻有嘉庆九年之御笔诗。想必当与前面陵寝内之碑文，刻于同一时期。亭外四角，相距数步处，立有四根石柱，上面皆镂刻以龙形。由此出大红门，过石桥，则为五座大理石牌楼，宽九丈，高五丈，其工巧侈大，欧人殊为惊叹。盖其屋盖柱楹，远望之，俨然拼合构成，若近观之，整个牌楼，竟由一块巨石雕制而成，即便在中国，也是牌楼中最为奇伟与壮美的一座了。长陵至此，应在我一日里之遥，想来如此奇伟建筑，当初皆为长陵而设，因地域甚美，致使嗣帝相承，皆下葬于此地。至昌平州相距不足我一日里，即策驴疾驱而达。在城中一旅店小憩片刻后，即前往汤山，行三十里，复为沙尘所困，遂投宿于行宫旁一喇嘛寺中。汤山因温泉喷出而置行宫，如今颓圮已极，护栏与地板皆由大理石制成，壮伟华丽之温泉池，也早已掩埋在了草丛之间，数十间屋宇早已破败得面目全非。管理事务之官吏犹在，投之以一元，则数人可得入浴。二十三日清早，在此入浴后出发，至清河，午餐。上野氏在这里与我们道别后，即先行归去。我与小贯氏则由林氏带路，进而赶赴西山观览。其观览之记事，则详录于下：

（谒陵之记事，本是为了便于后之游览者查考而作，虽欲竭尽记忆之所能而作详细之记录，然而，驴背观览，缺漏在所难免，故抄录顾炎武《昌平山水记》于下，以弥补我笔下有所不逮者。只是顾氏之时，恰值李自成残破之后，陵寝树木悉遭剪伐之时，如今则经由清朝之缮治，已颇恢复旧观。此外，当时石桥等尚完整存在，如今则已颓圮失修。诸如这样宜于斟酌而阅读的地方，我大致都作有插注。若取以彼此参看，方可以究明古今之变。）①

天寿山在州（指昌平州）北一十八里。永乐五年七月乙卯，皇后徐氏崩，上命礼部尚书赵羾，以明地理者廖均卿等往择地，得吉于昌平县东黄土山。及车驾亲临，封其山为天寿山，以七年五月乙卯作长陵。十一年正月戍，仁孝皇后梓宫自南京至，二月丙寅葬。二十二年七月辛卯，上崩于榆木川，十二月庚申葬。自是列圣因之，皆兆于长陵之左右，而同为一域焉。

自州西门而北六里，至陵下，有石坊一座五架（即九丈大石碑，所谓五架，指六柱五间架）。又北有石桥三空（空，即三孔桥眼）。又二里至大红门，门三道，东西二角门，门外东西各有碑，刻曰：官员人等，至此下马。（此碑今已亡失，我已无从记忆。）入门一里，有碑亭，重檐四出，陛中有穹碑，高三丈余，龙头龟趺，题曰："大明长陵神功圣德碑。"仁宗皇帝御制文也。亭外四隅，有石柱四，俱刻交龙环之。其东有行宫，今亡。又前可二里，为棂星门（此即我所记之三间石牌楼者），门

① 此处括弧中文字，及以下摘录顾炎武一段文字中所添加的括弧内文字，均为内藤湖南的解释语或校改补充语。

三道，俗名龙凤门。门之前有石人十二：四勋臣，四文臣，四武臣。石兽二十四：四马，四麒麟，四象，四橐驼，四獬豸，四狮子，各二立二蹲；近者立，远者蹲。石柱二，刻云气，并夹侍神路之旁。迤逦而南，以接乎碑亭。碑文后书洪熙元年四月十七日小子嗣皇帝某谨述。盖文成而碑未立。宣德十年四月辛酉，修长陵、献陵，始置石人石马等于御道东西。十月己酉，建长陵神功圣德碑；是时，仁孝皇后之葬二十有三年，太宗文皇帝之葬亦十有一年矣。然而始立者，重民力也。棂星门北一里半为山坡，坡西少南，有旧行宫，今存土垣一周。坡北一里，有石桥五空。又北二百步，有大石桥七空。大石桥东北一里许，有新行宫，宫有感思殿，今亡。宫东南有工部厂及内监公署，今并亡。大石桥正北二里，有石桥五空，又二里，至长陵。殿门神道，自嘉靖十五年世宗谒陵，始命以铺石，今稍残缺。自大红门以内，苍松翠柏，无虑数十万株，今翦伐尽矣。（此处树木，遂不复见缮植。自大红门至殿门，几不见有一树，而草高竟以没人矣。）

长陵在天寿山中峰之下。门三道。东西二角门。门内东神厨五间，西神厨五间。厨前有碑亭一座，南向，内有碑，龙头龟趺，无字。（此碑当系今顺治上谕碑，莫非事先为胜朝所设？不得而知。）重门三道，榜曰祾恩门。东西二小角门。门内有神帛炉,东西各一(瓷制)。其上为享殿,榜曰祾恩殿,九间重檐,中四柱饰以金莲,余皆髹漆。阶三道,中一道为神路,中平外墄,其平刻为龙形;东西二道皆墄。有白石栏三层,东西皆有级,执事所上也。两庑各十五间。殿后为门三道。又进为白石坊一座。又进为石台,其上炉一,花瓶烛台各二,皆白石。又前为宝城,城下有甬道,内为黄琉璃屏一座(今无存)。旁有级,分东西上,折而南,是为明楼;重檐四出,陛前俯享殿,后接宝城,上有榜曰长陵。中有大碑一,上书曰"大明",用篆。下书曰"成祖文皇帝之陵",用隶。字大径尺,以金填之(今已剥落殆尽),碑用朱漆,栏画云气,碑头交龙方趺。宝城周围二里。城之内,下有水沟。自殿门左右,缭以周垣,属之宝城。旧有树,今亡(此树后来又见种植)。

《昌平山水记》就其余十二座陵寝之规制异同也作有详细的记述,还述及妃嫔诸王等之墓葬,如尽录之则嫌过于冗繁,故皆从割爱。只是诸陵寝中,仁宗(即洪熙帝)之献陵最为简朴,而世宗(嘉靖帝)之永陵最为壮丽精致,孝、长二陵也难以匹比。后之游者,若能得暇游览此二陵,以概其余,当无憾矣。这里斟酌《昌平山水记》及《大清一统志》,仅是记述诸陵寝之位置,以备吊古者参考。

位于天寿山之南者，即上记成祖之长陵。其次则为：

献陵（仁宗，即洪熙帝），位于天寿山西峰脚下，距长陵稍偏西北方向一里处。

景陵（宣宗，即宣德帝），位于天寿山东峰下，亦名黑山，距长陵稍稍东北向一里半处。

裕陵（英宗，即正统帝），石门山东面，在献陵西面三里处。

茂陵（宪宗，成化帝），聚宝山，在裕陵稍西北方向一里许处。

泰陵（孝宗，弘治帝），笔架山，在茂陵稍稍西北方向二里处。

康陵（武宗，正德帝），金岭山，在泰陵西南二里处。

永陵（世宗，嘉靖帝），十八道岭，嘉靖十五年改为阳翠岭，位于长陵东南三里处。

昭陵（穆宗，隆庆帝），大峪山，距长陵西南四里。

定陵（神宗，万历帝），小峪山，在昭陵北面一里处。

庆陵（共宗，泰昌帝），在天寿山西峰右侧，距献陵稍稍西北一里处。

德陵（熹宗，天启帝），双锁山檀子峪，在永陵东北一里处。

思陵（庄烈，崇祯帝），锦屏山，在昭陵西边。

以上为昌平十三陵。太祖孝陵在南京，因拜谒于做金陵之游时，故另有记述。景泰帝陵寝在宛平县西金山口，距西山十里。

其五　京郊寺观　文庙　观象台

游览完长城，归路由清河向西南，径行于陇亩之间，走出不到数里，便早已望见一座七重高塔，挺立在丘陵之上。又前行未几，但见东面山丘上，金釉瓦屋，与日光相辉映，俨若缥缈仙山。前者为玉泉山，后者则是万寿山。玉泉山本是金章宗之行宫，虽与芙蓉殿故址近在咫尺，却并非为人们所知悉，这可是元、明以来帝王经常游幸的地方。到了清朝，康熙皇帝替它取了个静明园的雅号，随之也便有了十六景的名目。这里有清冷泉水，十分珍稀，从山麓间涌出，流至万寿山下，汇成昆明湖，一大胜景便由此而来。英法联军入侵北京之际，二山与圆明园并遭焚毁，摧残之痕，久久未经修缮，便这样听任外来游客观览凭吊。近年西太后分割军费，用于大兴土木，万寿山遂由以成为颐和园，直至戊戌政变前夕，西太后即一直栖迟于此，至今仍不准外人入内纵览，故仅是自墙垣沟渠外，稍得领略其大概而已。万寿山风情备极绮缛靡丽，山丘北面，殿阁堂塔参差沓叠，南面与四层圆楼相连，飞甍连栋，几乎绵延至昆明湖畔。屋瓦柱楹，间以金碧丹垩，一眼望去，俨然现身于空中之海市蜃楼，而映入湖水中之倒影，更是奇幻神秘，虽亲眼目睹，仍以为是耽于幻想所生之错觉。从这里到玉泉山下，须得踏过青龙桥。玉泉山之景观，则较万寿山清晰，也稍予人以萧索之感。除此前已曾遥遥望及的七重塔外，另外还有七重塔一座及多宝塔一座。塔身建在山腹，楼阁不甚华丽，想来是修缮尚未完工的缘故吧。此处地下涌出之清泉，以手掬之，但觉清冽冻人，据闻每日运往宫禁，以供天子饮用。泉水流至京城，汇为内外护城河中之水，若引以水道，则北京城中居民，可无须饮用有苦咸味之井水矣。然而，此事之于今之清国政府，固是无望之空头支票而已。两山之间，则铺展以北方殊为少见之数里稻田，柳青水绿，风景酷似江南。据说，此稻田属于官田，并设有稻田厂专司管理。

万寿山之胜，以未能入观，故吾之所记，不免极为疏略，因抄译西人所记，以弥补其缺漏。此山在北方，乃罕匹之胜景，故记述实不该太过疏略。其记云：

> 园内有一山丘，尝为几多绮丽之殿堂所蔽覆。一八六〇年，则为英法联军所焚毁。入门，从毁残零落之诸亭台间过，此处即为往时清帝游幸欢娱之所云。遂

至昆明湖畔，山丘南麓浸濯于此，甚秀美，其北岸则有砌石而筑之高台，经雄伟之石阶可得而上。盖此台之左右上方，俱为大寺院之残垣断壁，而仅存丘顶之一部，其屋宇全以彩釉琉璃瓦修葺而成。山丘之四周，皆为众多更小之殿堂，尤以其北面者居多。其最为醒目者，当系高耸于山丘东北之浮图，塔身由彩砖构成，所谓多宝琉璃塔是也。复有青铜铸成之小阁，建于山丘南面、石台之西。虽状极废颓，但其整个景致，尚不失如画之美。伫身山丘，放眼瞻望，其感兴足以补偿登攀之劳矣。遥遥望去，北京都城之全貌，其堂、塔之参差者，皆一一收入眼中。眼前则湖光清莹，荷花掩映其间；西面，眼界则为蜿蜒之西山所遮断，但见群峰刺天，处处岩壑，而以寺观镶嵌其间；东面，则圆明园之绿树，郁然规整；山丘西面，则有塔桥，桥之中央为一亭榭，而石制之大舸与之相接，横陈于水面。与山丘遥相对应之湖中一小岛，呈圆形，以十七孔之石桥与湖岸相连。从岛中望去，最能领略万寿山昆明湖景致之奇妙。石桥附近之湖岸，置一铜制牝牛，制作甚工。

二十三日，投宿于万寿、玉泉二山之间，青龙桥畔之某旅店。虽不能说狭窄简陋，但小贯氏却遭床虫侵袭，甚受其苦，幸好我未受到如此侵害。翌日之二十四日清晨，先向西山出发，取道于玉泉山北之丘陵间。这一带居住有不少旗人，多有头扎两把头发、长相不甚姣美之妇人，伫立门前，如观看西洋镜般，打量我等路过之二洋鬼子。待转过山丘，豁然开朗，西山诸寺，历历可数。

西山诸寺，皆依山占胜而筑，遂历观卧佛、碧云二寺。卧佛寺在寿安山，面南而筑。据雍正十二年御制之碑文，唐代即有此寺，始名兜率寺；宋、元、明间，分别名曰昭孝、洪庆、永安；经雍正帝之弟怡贤亲王修缮，现名十方普觉寺。寺内旃檀佛卧像，据称为唐贞观年间所造，然据其容貌表情推测，当不会是早于明末之古物，特以其长及丈余而视为珍奇。有一历世宸翰之金字匾额，也留有当今西太后之手泽，行书，字体颇雄伟。入寺门，坡道两侧乔木蓊郁，恍若进入洞中，甚觉寂寞冷清。碧云寺位于香山山腹，坐西朝东，殿堂层叠，最后面之大理石制五塔，即便数华里之外，也当可遥遥望见。坡道两侧，民家鳞次栉比，登坡道，入墙门，便进到寺院境内。寺系元耶律楚材后裔阿利吉捐舍家宅而开山；明正德年间，太监于经筑墓穴于此；后魏忠贤在此大事营造，以至有了今日之华美壮观：事见于乾隆之御制碑文。寺已显得有些颓败，但殿宇连栋，结构之瑰丽尚未全失，得以想见当日阉竖之豪奢。寺内有一莲池，水从石罅间溢出，此即明神宗题有“水天一色”四字、康熙帝亦题有“激湍”二字之处。然秋色已老，连败叶都已无处寻觅。另有乾隆所建之五百罗汉堂一座，五百尊木雕之罗汉像，长凡四尺，面相堪称怪异，乃雕工拙劣之作。木雕之十界遍布数堂，虽也拙劣，或许是明末作品。一殿堂中见有乾隆帝亲笔所书之匾联，各处所见之此人匾联虽不计其数，然亲笔匾联则惟此一处。

西山归来，由万寿山一路迤北，赴大钟寺之途中，路经圆明园，隔墙望见园内树木畅茂，闻说目下尚不准游客入内纵览，无从仔细辨识英法联军遗留的狼藉之迹，甚为憾事。在海淀用过午餐后，即赴大钟寺。大钟寺本名觉生寺，位于京城西北角数华里外。明永乐帝下旨所制之大钟，高一丈五尺，内外遍铸《华严经》，密匝无隙，字八分许，阳文，系沈度所书、道衍即姚广孝监造。旧时在城西万寿寺内，乾隆时移置此寺。寺为雍正十一年敕建，其建筑格局，与碧云寺等若我日本之黄檗[①]风有所不同，反与追摹明初风格之我日本京都五山[②]等处颇相类近。由此，于离开北京城之五日间，完成了此一路之游览。嗣后

---

① 黄檗宗原系中国禅宗临济宗一分支，明亡后，福建黄檗山万福寺禅师隐元流亡日本，在京都宇治修建黄檗山万福寺，黄檗风即指其寺院建筑风格。

② 京都临济宗五大寺院，1386 年，由足利义满（1358—1408，室町幕府第三任将军）认定，分别为天龙寺、相国寺、建仁寺、东福寺、万寿寺，南禅寺则位居此五寺之上。

数日，又得以一览西郊天宁、白云、万寿诸寺观。

万寿寺在西直门外数华里处。始建于明万历五年，由圣慈李太后出资数万，命太监冯保督造。寺之背后，叠石筑有三山，以象征普陀、清凉、峨眉。殿宇极闳丽。虽康熙、乾隆年间皆经重修，但近年颇见颓败，西太后修建颐和园之余，随即将其作为游息之地，一并重新修理。殿堂无数，金碧辉煌，看去令人心往神驰。最为绮丽之二碑亭中，是乾隆御碑与西太后重修之碑，重修之碑系翁同龢手笔，是六朝风格字体，显得十分闲雅。只是寺中佛像，皆制作拙劣，不值一看。比邻万寿寺之延庆寺中，有一明代正德年间之碑。矢野公使偶尔寄寓此寺，因其夫人在此养疾，而前往探访，则已是该月二十九日之事，是日风霾晦暝，如同行走在雾中一般，骑在驴背上无法睁眼，往返甚为艰难，初次体验到了清国北方旅行之真实况味。以下谈及之天宁寺、白云观，即为该日所观览者。

天宁寺在外城西一二华里处，此寺所值得观览者，当为其高大之十三重塔。过宣武门，傍近西便门，出外城墙，即见其突兀矗立于空中。始建于北魏孝文帝，初时名光林寺；隋仁寿年间，名弘业寺，建塔以藏舍利，高十三级。现今之塔，即为其遗制。虽经累世修理，原有格式却未见稍失。与我日本塔峰之十三重塔相类，只是高大远胜一筹。塔峰之十三重塔呈四角形，飞檐清婉，此塔则为八角形，矗立劲朴，此其形制之惟一差别。其最底层八面塔身所附之塑像佛体，虽几经改修，却一概不见有近世之堕落体式迹象，仅此，即足以显出其尊贵矣。

白云观位于其北面，据说即为清国北方道教大本营之所在地。旧名太极宫，建于金代。元太祖得闻长春真人丘处机之道行，遂将其召至雪山，后即命其居于此，名长春宫。明正统年间，改为今名。门前牌楼正反面，则悬挂有“洞天胜地”与“琼琳阆苑”之匾额。观中甚为闳畅，殿阁连接，庭院则在最后。其结构之绮丽，堪称与万寿寺不相上下。加之亭院房室皆极洁净，在当地殊属罕见，委实是一个令人心情愉悦的好去处。正月十九日为燕九节，京城中人纷至沓来，游冶云集于此。观中道士皆闲雅有礼，不像佛寺僧人那般见钱眼开。门前有一酷似铁拐仙人之道士，人虽污秽，望之却也颇多兴味。寺观之记述就此打住，接下来，须得为文庙记上一笔。文庙，即大成殿，位于安定门内国子监东；结构与永乐陵享殿相似而稍稍偏小；正殿七楹，东西两掖为库藏祭器与乐器之所；东西二庑各十九楹，配享先贤先儒；殿内高揭之匾额，为清圣祖之“万世师表”及清世宗之“生民未有”等历代御书。境内老树系元代栽植云。大成殿前林立之进士题名碑中，也有三块为元代之碑。戟门内有十具石鼓，相传原为周宣王之猎碣，曾为韩愈、苏轼写入诗中，以籀文之上佳标本而备受珍重，大者直径足有二尺，高三尺，形状似鼓，顶微圆。最初散落于陈仓原野之中，唐代郑馀庆取而置于凤翔县学时，其一亡失。宋皇佑四年，亡失者得于民间，其数乃足。宋徽宗大观二年，由京兆移至汴梁，初置于太学，后移至保和殿，字以金描。宋钦宗靖康二年，则为金人所掳获，后移至大兴府学。元大德末年，虞道园任大都路教授时，得之于泥草之中，始移置于如今之所。虽然石质坚致，但毕竟已是三千年之古物，文句多有剥落。宋治平年间尚存四百六十五字，元至元年间则为三百八十六字，如今所剩，则仅在三百字内外，故而其旧时拓本遂愈加昂贵，以至价至数百金之数。孙星衍曾怀疑其为宇文周时之物，但汪中力辩之。其为周宣王时之物，如今则已成定论。门前六碑亭中，有乾隆帝征讨回部、金川、伊犁、朔漠、准噶尔等，凯旋奏功时所建之巨碑。正殿后则为启圣祠，乃祭祀孔子父祖五代之处。

总而观之，想必清代至乾隆时，气运臻于极盛，与汉之武帝与唐之玄宗时相似，故而在四处修建寺观以文饰太平上，着手实施，人力物力，似乎确实绰绰有余。游历所至，罕有不见乾隆御制之碑。然而中国千年之积弊，即便是如此隆盛之世，也决然无从消除，毋宁说，如此丰亨之运，反足以使其深患，一时模糊难辨，以致意识不到厘革之必要。至乾隆末年，衰败之兆早已稍萌，从其所铸之钱币已趋粗劣等事，即可见出。且乾隆帝写字，学赵文敏，纤巧无力。同时，所兴之建筑，绮丽有余而浑厚全失，与盛世气象极不相称。此等议论，须待他日再一一详悉。此外尚有其他值得记述者。

此外犹堪记述者，则为观象台也。台在内城东南隅，北距角楼数十步，与堞堵相连而筑，高出城墙殆一丈。置有康熙十二年所制之天体仪、赤道仪、黄道仪、地平纬仪及纪限仪等，皆铜制，雕刻有龙形、云形，系西人南怀仁监制。台始建于元至元十六年，仪器由金代旧物所改制，并添置以郭守敬所制诸仪表。明洪武年间，移至南京，后于正统年间，复造仪器，置于此台。至康熙帝，以其年代湮久不堪使用而重新制作，旧仪器则藏于台下。而如今台下之两具仪器，虽相传为元代之物，盖实为明代所制。其雕刻，手法浑雅，铜色苍古，显得高贵典雅，比之于新制之轻巧，当可表征时代气象之差异。自台上放眼望去，杨柳浓翠，因北京城家屋之制，高大均有禁限，故而除寺观外，不见有壮大之殿阁，殆见树不见屋者矣，以致景山之亭榭，紫禁城之宫殿，其金瓦丹壁，一眼即可从绿树丛中辨而认之。眼下一片低矮连绵之屋宇，即是贡院，明远楼则耸立其中，此当另作记述，暂且从略。

其六　陈、蒋二子　威海卫　上海　文、宋二子

早就想去保定莲池书院拜访吴挚甫①，但因船班不如人意，只得罢议。十月一日回到天津（小贯氏上月二十六日已先行返回），正赶上本田种竹、服部宇之吉两位刚渡海来到天津，而在芝罘的高垣氏，也一并前来，在此相遇，羁旅颇感欣慰。前往上海之航路，因为邮船会社接续的班船误了日期，遂只得临时决定，搭乘招商局或外国的轮船。当此之时，邮船会社担负视察航路使命之高层人物，也预定乘坐此一班船前赴上海，故而让往返于浦港、香港间的定期班船，在芝罘等待，以接驳天津航路的船。谢天谢地，我也便得以与他们一起搭乘同一条班船。但也因为这样，我在天津整整多滞留了四

---

① 吴汝伦(1840—1903)，字挚甫，安徽桐城人；同治四年进士，官内阁中书。曾入曾国藩幕，后为李鸿章所倚重。后署天津知府，补冀知州，引疾乞退，受聘为保定莲池书院教长。庚子国变后，受命以五品卿衔充京师大学堂教习赴日本考察学政，回国后创桐城小学堂。

天。如果知道这样，本该去保定一游，但现在懊悔，已是无济于事。

离开天津的前一天晚上，即十月四日，接受陈锦涛、蒋国亮二氏来访。陈二十八岁，蒋三十三岁，听说都是少壮有为之人才，其慧敏之气，从相貌上也能见出。照例是以笔代舌，做了一番交谈，大致梗概则如下：

予 我此次来津，曾就通晓时务之士，先行询于方君药雨，方君以二氏相告，今夕辱临，真是喜出望外。

蒋 过誉之辞，实不敢当。先生抵津之事，此前已见诸报端，甚欲一睹丰采，今则得以瞻仰，并伫聆大教。方兄今日有事，未能一同前来，特嘱我问候。我同洲之士，以一片热心，对我中国有所期望，君今日来游，当已略识中国情形，不知今日救时，有何方法？以何入手？多有请教。

予 窃以为，贵国积弊，非始于本朝。远而言之，根源在商君之变井田、开阡陌；近而言之，则以科举取才，徒有美名而不见实功；加之郡县之制，牧民之官不以生民休戚为念。当今之时，抑或是其做出重大改变之时乎？然而，谈何容易！要而言之，成之者，其在诸君子乎？

蒋 此行北京有何见闻？

予 贵国京中人士，不喜与外国人相见，在京淹留十余日，无缘得以与一士过从相语，只是观看北边长城、凭吊前明陵寝及游览京郊诸寺观而已。所到之处，但见州县摧残已甚，即便有朝一日，明主贤相风云际会，贵国宿弊，也绝非于举手投足间即能治愈者。若豪杰之士，无待文王，接踵而起，则庶几可拯救斯民于涂炭矣。

据闻，满州地力尚未枯竭，然其大川大抵北流，是以其地徒为俄国提供便利，而无有助成于贵国者。

陈　入其郊，见其田野未治；入其京师，见其粪土积衢。一望之下便可知道，此乃治理欠缺之国也。今日之中国，即如是。君此行，盖有慨于此乎？

予　此行所见之京城，若以规模言，俨然大国之首都矣！若缮治得宜，以其之壮观，虽比之于泰西诸国之首都，也未必相让。只是窃观其郊野，地力已趋枯竭。质之二君，不知以为如何？

蒋　或谓以燕京作首都，殆已近千年，故王气自然已尽，此自是无稽之谈。只是以地理形势论，水陆均有所不便。北海重镇，必在旅顺（此处相当于东方之彼得堡，昔俄皇彼得建新都于彼得堡，尝谓有如开一窗而得以望四海；而得旅顺者，则有如开一窗而得以望东海矣）。天津有冻河期，水道有所不便。至于陆路，则蒙古口外之来货及山西之矿产，当直接将其重要者运往汉口，而津镇铁路，又是其陆路之分道。

予　敝邦之山，多半林樾蓊郁，贵国京畿近旁之山，皆甚荒秃，地气殆尽，于此见其实状。其民徒知地力已尽，而不知如何蓄之养之，此即其深患之所在，非一时政变得失所可比拟者也。

陈　敝国之朔方及西北，大地皆为沙碛，北风一起，沙石随之，是以天津亦有沙漠风沙之患。兼之冬季积雪，泥土自也尽失胶力；而北方土松，雨时既不易蓄水，旱时则地质含贮水滴，而无从滋生草木，故所到之处，皆为此类光秃之山岭。贵国环水而居，得江山之助者颇多，此乃上天赋予，人力殊难有此大功也。然考之敝国，昔时之北方土地与今日之北方土地，其出产并无多少特别之差异，而兴衰竟至有此大不同者，盖因昔时游牧之徒，以牧马为生，宜于其漂荡于北方辽阔之原野，并借以为力；今则不然，无从以此为力矣。

贵国今日之在朝者，以保守党者居多，抑或以进步党居多？朝野合计起来，人数上占优的，究竟是何党何派？如今各大学堂中，校长与学生，多加入何种党派？

予　敝邦现状，无有真正之保守党，敝邦人士长于进取，而拙于守成，此乃敝邦之深患也，犹如贵国之深患，则在于保守者居多之一端。

蒋 贵国之大隈党[①]得占几多比例？贵国又以何党为人数最多？

予 进步、自由[②]二党，大致势均力敌。帝国党[③]以今年刚成立之故，人数自然犹寡。然而自由、帝国二党，现皆与山县侯之政府缔结同盟，故大隈党就其处境而言，可谓正值失意之时。

蒋 贵国书籍译为中文，此大有裨益之事，既以开中国之文明，而贵国又得其实利。诸如近日之《万国史记》、《中国通史》，中国人索购此类书者甚众，只可惜此类书籍译出者甚少。故而弟甚愿贵国之士多多译著东文书籍，诸如贵国维新时期之历史及学堂之善本，尤为有益，不知以为然否？

予 现设有善邻译书馆。吾妻某氏，及冈本监辅翁等，正从事翻译。听说贵国李星使[④]亦颇赞成此事。只是敝邦之人刻苦翻译之书，沪上书肆转眼之间即翻刻售

---

① 大隈重信(1838—1922)，日本政治家，佐贺滋人，早年学过兰学。曾两度组阁。明治二十九年(1896 年)，以立宪党为核心，联合诸家小党组成进步党，尾崎行箱、犬养毅等出任总务委员，大隈重信则为实际之党魁。

② 自由党，创立于明治十四年(1881 年)，以其时总理板垣退助、副总理中岛信行等为首，以扩大自由、保障权利、建立立宪政体为口号。

③ 帝国党，明治时代以靠近山县有朋一系官僚的国家主义者为核心组成的政党。

④ 李经方(1855—1934)，字伯行，号端甫。本为李鸿章六弟李昭庆之子，后过继给李鸿章为长子。历任出使日本大臣、出使英国大臣、邮传部左侍郎等。

出，如此，则邦人精力徒为射利之徒所攘夺，故需贵国官司所严加查处，贵国石印书籍，价极低廉，非敝邦出版物所能敌也。

《万国史记》，即冈本翁所著。《中国通史》则系那珂世氏所著。二君我皆识之。冈本尝游历贵国，叩访过阙里先圣之址。那珂氏即为我之乡先辈。

蒋 敝国印书，本无定规。如沪上广学会之书，即皆禁止翻印。不过，要求中国官方出一告示原无不可，以后若有翻印者，也易于查出，理当严办也。前时有翻印广学会书籍者，即曾被告发查办过一次。

予 敝邦德川幕府之时，握实权者尽其旧臣，以为百世之计，然而，尊王论即出自其懿亲水户氏，幕府由此终告衰废。贵国满汉相持，盖亦英主一时以为得计者，而至今依然无从摆脱之深患也。虽有英主，一旦意欲措手解决，结果则有如去年之政变耳。革命只须实行，无须言谈。且如敝邦，因须顾及列国间之关系，故非至贵国革命之日，则敝邦人士断不能言之。愚见以为，敝邦人士所当讲究者，在于贵国维新之日，以何种政治方案与民更始。其维新之时机，须当由贵国人士先行起而作之。

敝邦维新之前，杀身赴义者，不下数十上百之人。即便幕府最强盛之时，攘臂图之者也曾不乏其人。贵国人士若只是坐谈维新，欲以口舌成之，则误甚。

近时政党兴盛，少年气锐之徒，亦往往为之而招致杀身。邦人锐气过盛，此虽是其短处，然而倘非如此，亦不足以应对近日之时势也。

蒋 君言甚是。此等利弊，弟等平日亦时有谈及，但苦于无一措手处，故不得不稍待时机耳。君所言自当铭之于心。

予 时势之变，一起一伏。愚意以为，贵国政府终有稍趋维新之日，然而，此也不足为恃。譬若曩日之开设特科，贵国人士往往视为与从前之科目并无不同，以此作为仕官捷径。此病不治，则国家不会兴盛。有一不愿做官之士，以“为百世开太平”为念者，则愈百名热衷科场之名士矣。（以下引福泽谕吉之事数十言，因嫌烦，今从略。）不知二君亦曾应试过科举否？

蒋 陈君所见甚高，视此为小道，不曾作此恶剧。弟则未能免俗，尝应试为举人。

予 未知二君有东游之意否？

蒋 甚愿，只是苦于无此机会。若自备资斧，又将为清贫所苦。是以心之所愿迄今未之偿也。然东望蓬莱，时时心向往之。

予 贵国之北人南人，愚意必非出于同一种族。南人骨相，颇近敝邦之人，瞻二君丰采，益信其然。北人多浑然质朴桀骜，只是少英气；南人多英锐敏慧，但其短处在于难以持久，尤与敝邦之人相类似。此恐非愚一家之私言也。

蒋 中国种族，皆有一自北而南之过程，经东晋及宋之南渡两大变故，真正之中国人，皆已迁徙而充实至南方，至于北方，则因掺入蒙古人种，早已非纯粹之中国种族矣。

陈 今晚得聆大教，实为平生之愿。然因有他故，未能罄怀，若后会有期，仍望再作谈聚。君明日起程赴沪否？弟恐贱冗相羁，不能趋前送行也。

十月五日，天津出发。此次得以于塘沽车站附近直接登上玄海丸轮。火车上邂逅大阪商船会社石原、金岛二氏，叩问其对秦皇岛之意见等。船上遇见土佐之久保义道、大阪朝日麦酒会社之近藤胜太郎及神户运漕店之田中仪太郎三氏，遂有了一路结伴至上海之缘。玄海丸于该日下午驶入大沽湾，终夜装载货物。翌日，即六日晨张帆起航，深夜行至芝罘。听说接续船博爱丸翌日晨即开船，遂和衣而眠，稍稍打了个盹。七日清晨，因换乘，无暇再度上岸，先前之约定，遂皆无从谈起。

所幸者，船于威海卫停泊三小时，因而得以观察此地之形胜概貌。船循西口而入，碇泊于刘公岛南面背阴处。

据云，甲午战争时，清国水雷艇即由西口遁走。沉入海中之定远号，犹有数尺樯头露出水面。北洋水师之旧营务处，丁提督隐遁游息之亭榭等，借助双筒望远镜之力，皆历历可指。日岛炮台、百尺崖所及赵北嘴等旧址，一一尽收眼底。威海卫城墙，笼罩于烟霭间，环翠楼、翠微亭碑虽隐约可见，却已难仔细辨认。丁提督之英魂已召唤不回，我军攻占威海卫之冀图也已归于一时之梦境。如今，但见英国军舰森屈利昂、鲍克屈利亚等数艘，巍然镇守于湾头耳。低回于今昔之间，时当日暮，令人不禁有临风啸歌之慨。

驶离威海卫。天气甚清丽，航路极平稳。八日一整天即在海上度过。九日清晨，日头从波涛间升起时，船已在长江口。此后一段路，船行甚缓，至午后始抵申江埠头，求宿于东和洋行。

长江之大，令人惊骇。自江口上溯数十哩，犹未察觉其已进入长江。浊流滔滔，弥漫至云天间，非天津之白河等所可比拟。白河之水，致使海水为之变色者，不过十数哩，至于长江，早在距离江口约二十小时航程之北方，即已见海水变为黄浊，由此可知，江口左右二百余哩海水之混浊，皆系江流所为。

上海东文学社藤田剑峰、田冈岭云二氏是我旧友，《时事新报》通讯员佐原笃介也提供种种方便。往来结交者，尚有东亚同文会诸氏，及《亚东时报》山根立轩氏。此地会晤之中国人士，则有前翰林院侍读学士、英迈闻名之文芸阁廷式，前山东道御史、去年政变遭黜之宋伯鲁，主持南洋公学翻译之张菊生元济，及速成学堂之叶翰诸氏。与文氏之首次交谈记述如下：

予　久闻大名，今日突然枉过，喜出望外。我此次游踪，先经京津，在津之时，已见过严、王二君，得闻沪上济济多士，皆精通洋务，若得先生引介，一一历访，则幸甚。

文　伯乐过所，冀北群空，君之心意，我恐不足以承当。

予　先生莫非以我所言为桓温问豪杰于王景略，当面错过耶？

文　君未败于枋头，我非恋栈东晋，何得以此相戏乎？特君至此既已十日，焉得无一二值得交谈之士，奉渎高听？

予　昨日有邦人某，自武昌返回沪上，谈及谒见张香涛[①]制军之情状，礼数繁重，颇违所闻。敝邦近日，此事

① 张之洞(1837—1909)，字孝达，一字香涛，号壶公，又号抱冰、广雅。直隶南皮(今属河北)人。历官两广总督、湖广总督、两江总督、协办大学士、体仁阁大学士及军机大臣等，为洋务派代表人物。著《劝学篇》，倡言“中学为体，西学为用”。

简疏，达官贵族之间，但通名刺即可相见，邦人大抵不谙此类繁重礼仪，故彼深以为苦。以此琐事推及其余，贵国维新之事，似尚未可以日月而谈之也。

文　禅家云，水浅不是泊船处。贵邦贤哲又何必津津乐道，以南皮尚书①预卜我国之兴衰隆替？

予　豪杰之士，不待于文王者，踵起于草莽。果有岁月之可指乎？

文　不得其时机，虽十年百年，未足以期也。若得机得势，则泰山之云不崇朝②而雨遍天下。

予　姑且以敝邦之事为例。百年以来，志士仁人，杀身取义，盖不下数十百辈，而后维新之变，疾如影响。若坐等时机时势，又将如何拯救斯民于涂炭？

文　知其例之同，亦当知其例之变。然而，时机已非远矣。

予　以先生之见，时机时势果真来到，当从何处下手？

文　近人有联合贵国之议，欲借贵国之兵力，此实不足与议。我正欲贵国人才，为办各种事务，以望纲举目张，皆有成例可援，此乃敝国所汲汲冀幸于同洲者也，不知先生赞成此语否？

---

① 即张之洞，以籍贯称。

② 崇朝，又作终朝：一个早晨。意为若机会凑巧，要不了一个早晨的泰山之云，便足以雨泽天下了。

予　借助兵力之谈，不过一时之权宜。贵国革除积弊之事，非一时权宜所能奏效。用邦人办理各种事务，作为一定之成例，先生之见甚是。只是邦人通贵国之情弊者未必甚多，若一概以敝邦成例行之贵国，或致凿枘不合，台湾即为殷鉴。

文　权实兼施，因革互用，贵邦之人若肯相助治理，主其事者必会因此而有所衡量。

予　盖以一纸之令，欲全国悉数奉行，此则去年维新之举所以终归失败之原因也。其着手次第，亟愿得闻高教。

文　今日若言次第，则非次第也。此必待临机因应方是，譬若着棋，国手着着皆有次第，虽则如此，而因敌则不能不变也。

予　只是一代治法，一旦得以确立，似无须若围棋之因敌而变。敝邦三十年来，之所以稍有起色，亦惟国家大事皆有定规使然也。

文　贵国一姓相承两千余年，故而先定国是，而后渐加修改。敝国今日之事，非其所可类比也。治法确立，在今日，采列国之长，救千年之弊，规模既立，宪法自行，亦非难事。所难者，在新旧之交替及尊攘之术耳。有英才，能立国，则一切举而行之，次第必不紊乱。君其待之。

予　机势之变，首先需要有一翻天覆地之举。弊邦幕府之政，人心厌之既久，因而非打倒其不可，而后国势为之一变。贵国今日此等之事，不知犹当以同例视之否？

文　贵邦以天皇为名，其事易于顺遂，故而数十志士，即可图之。敝国之例，未知其同耶？异耶？

予　此次在北京逗留之日，曾做长城之游，一路所经过之州县，均摧残不治，如其寺观，亦皆颓败。由此想来，所谓千年之弊，虽康熙、乾隆极盛之日，亦未尝得以革除也，只是其时府帑美余，得以粉饰一时之太平耳。今日欲革除此千年不拔之弊，又谈何容易？与敝邦三十年来之事相比，实有甚为难能为力者。折冲御侮之策，虽曰至难，然而依我之见，与此宿弊相比，还可说相对容易些。先生以为然乎？

文　此事我思索甚久。《管子·八观篇》有云：观国者，当如是也。他日当与内藤君一一剖析其详。且得贤人君子而请益，又岂是数纸空言所能了然者？无兵力，则国无以立，遑论治法？是以有易难之说矣。获教既多，今日适有登临之约，他日当就便请益，恕我告辞。

与文氏此后又见过面，并且还曾在汉口有过晤谈，但都未能留下记述稿纸，且略去不提。与宋氏之交谈，为其他访客所打断，中途而止，也没有特别值得记述的。宋氏称，百事不足为，当静待瓜分，然后始可实行革新之事。言辞颇近偏激，然未及畅谈以叩问其语之底蕴，殊为遗憾。文氏乃江西萍乡人，庚寅科榜眼，时年四十四岁，容貌魁梧，面相酷似《虎溪三笑图》中之慧远，通内典，有志于世界诸宗教之研究，造诣颇深。举止磊落，不拘小节，不与人苟合，故往往与人有迕逆，在官之日，任日讲官兼起居注，又任稽查宗学大臣之职，尽力于宗室之教育，与近时去世之国子监祭酒宗室盛昱，关系最为亲善云。盖南方人士之出类拔萃者。宋氏陕西人，其在官之时，与康有为等亲善，上疏条陈新政之事。状貌清癯，眉目须髯，纯然一北方汉人之标本。其举止言语，皆安详谦逊。戊戌政变以来，因畏祸，少与人交往云。年龄当稍长于文氏。据云，文氏之弟现正执笔于《沪报》，宋氏也与《中外日报》多有关联，因而二人均于暗中主持上海之舆论场所。

顺便记述一笔。上海报纸，虽有中英文数种，但没有一家发行量超过一万。《申报》资格最老，其通讯与论说，如今也看不出有太大起色，发行量不过七千份内外。《新闻报》、《中外日报》排在其次，当在两千至三千份之间。《沪报》一千内外，《苏报》就更少了。惟有小报《游戏报》，发售量达万份以上。英文报纸中，据云《北清日报》发行量最大，约五六百份光景，*CHINA*、*GAZETTE* 等其他英文报，发行量则远少于这个数字。报道难以凭信，几乎是其通病。越发加深北京守旧官吏之于新闻报纸强烈嫌恶的原因之一，即是各报报道有欠精确，多为揣摩之臆说。天津《国闻报》在该地区独占鳌头，发行量殊出意料，当在三千内外。英文报纸，天津似仅有《京津时报》周刊一家。

逗留京津之日，亲睹日本人协会在天津之创立。该会以郑领事为会长，《国闻报》西村氏为干事，并以领事馆内一栋屋子充作协会之游息处。闻上海自甲午战争之时，即有日本人协会之成立，然现至其地，领事馆仍颇陋隘，协会亦无一集会之场所。居留上海之邦人一千余人，而有资格参与市政者，不过十三四人而已云。上海之中国人往往住高朗轩敞之宅第，挈声伎，驱马车，所谓“绿杨荫里，一鞭残照”，趾高气扬，纵横于通衢大街，旁若无人，擅用外国租界；而我日本商家，除邮船会社、正金银行、三井物产、村井烟草等二三之数，其余均甚褴褛寒酸。战胜之余威，至此荡然无存，上海乃令人索然扫兴之地也。

上海状况为邦人所知悉，故已无特加记述之必要。顾六十年前，此地尚为沮洳之场，芦苇之丛，如今则已变成东洋第一埠头。自道光末年辟为外国通商埠头，十数年间，其发展极为迟缓。长毛贼[1]乱，江苏一省大半沦为战场，独此地因有外国人租界，未遭兵祸之患，故避难者，无论富豪，不分流氓，争相萃集于此，遽然成一大都会云。故在今日，省会苏州之繁华，殆有悉数迁移至此之实状。至江南佳丽之地，无有能过之者，乃名副其实之中国第一都市，作为东西商贸与物质文明之交汇点，实呈现一种异样之景观，绝非通常之中国都会所能视也。

上海郊外，草树畅茂，禾谷丛生，青葱芊绵，皆与吾邦日本无异，只是有欠修整，为惟一之差异。极目远眺，不见一处山峦，平衍千里，至不知其际，则为我邦所罕见。彼燕京近旁之山石巍垒，危峰雄峙，尤其是水冽土厚，气候高寒，因其草木皆强干而丰本，虫鸟之化，亦劲踵毳毛，瞿瞿然飞翔迅捷，与江南之物无一相类者也。

十四日，雨。自入此邦以来，始逢雨天。但觉阴湿之气，砭彻肌肤。闻北地犹为干旱所苦，皇帝频频敕使祈雨云。南北风土之差异，有如此者。客窗萧寂，我亦欲愁。

---

① 作者所用“长毛贼”系当时的清政府及外国列强对太平天国农民起义军的蔑称，以下同。

其七　杭州　西湖　灵隐

不顾迷蒙细雨，搭乘大东轮船公司之拖轮前往杭州，是十月十七日傍晚的事。沿黄浦江溯江而上，不到一个小时，已是暝色四合，遂于空气混浊之船室寂然入睡。十八日清晨，船行至塘汇镇一带时醒来。不久，船抵嘉兴府城，乃江浙有名之水乡。环卫城墙之水路迤北而来，绕城西向，于西南角离城而去。城墙苔蒸雨湿，呈苍黝色，显得寂寞冷清。据闻城之南端有名胜鸳鸯湖，然因航路不经彼处，无由亲睹。雨越下越厉害，船窗也无法打开，但觉无聊更甚。南国沃土，纵目远眺，但见草树葱郁，带着雨意，色泽愈发翠绿了。民俗惰逸，至阡陌不修，一味听任纵横交错之河渠，冲刷树根，浸灌田圃。水势平静，波澜不兴，不见有汩没之患。其石桥皆为穹隆形，便于帆樯桥下通行。桥上则为石阶，不宜于通车。因而足可推知，此地水路即为孔道，通常之道路，仅用以走轿行马而已。桥之穹隆状两侧，正反面必有石刻之对联，以描述景物形胜之概略。盖对联之文体，乃中国人头脑特别发达之品种，以致一无遗漏，应用至于此类场合。晚七时，抵达拱宸桥。投宿于大东公司之分公司，在此度过一夜。拱宸桥位于杭州府城北，距城约二里，乃租界海关等机构之所在。此处虽也有我邦之租界，却未见有一处屋宇，旁若无人地占据了茫茫原野的，便惟有草色。不过，拱宸桥地理之便利殊为不恶，此地之繁华，正与日俱增，一年不到时间，河道两岸即已建成数百家屋，当可证明这一点。此地虽亦设有我邦之邮局与警察署等，然而，就连这些设施也未建于专辖之租界内，而只是租赁中国家屋而已。

十九日，租赁一以足摇棹之小舟，行二里许，由水门入杭州城内，抵马所巷日本领事馆。承蒙领事代理速水一孔氏之雅意，决定留宿于领事馆内。此日天色，依然阴云未开，游览亦无从逞心纵意。偕横滨正金银行留学生、此时正寓居领事馆内之大隅行一氏，往东本愿寺，访日文学堂之伊藤壶溪氏。学堂于本年一月开张，目下有生员三十人。开校以来，挂籍者近百人，然倏来倏去，志向不定。趋赴眼前利益，本乃中国少年之习常，留而未去者，则堪称志向稍见坚确也。

二十日午后，随同伊藤氏去了西湖。走钱塘门。闻门内之按察使司衙门，即为宋之权相秦桧宅址，而相邻之演武场，则充杭州驻防八旗之用。从这里至西湖湖畔，一路上，随处可见放牧在野地的马群。旗人贫乏，无以自给，竟至于此。马群侵入农家田圃，毁坏禾谷菜蔬之事，则多有发生云。旗人凡一千三百人，地当按察使司之东南，于城内别划一廓，聚居于此。臬司卫门前，视线越过城墙，即可望见与卓尔不群之峰峦比邻而立之七重宝塔，此即著名之保俶塔，建于宝石山上，高耸于西湖正北岸。出臬司卫门，西湖全景蓦然映入眼中。山翠参差，屏围湖水，纵横各有一里余之湖面，平滑如熨，山影倒涵，稀见泛舟。门外数步处，租得一系于柳荫之瓜皮船，先赴孤山。水色虽难言清澈，然水中荇藻历历可见，亦堪称此国罕见之一景矣。白堤，苏堤，杨柳如烟。孤山则位于二堤之间，翠樾可掬。堤上往返之行人，辮发胡服，但觉与风景殊不相称也。前行右边为断桥，由锦带桥入后湖，驻舟于放鹤亭下，登岸凭吊冯小青墓、林处士墓，品尝名物藕粉。复乘舟，过连接孤山与西湖西岸之西泠桥，桥西青苔累累处，即为苏小小墓。休说苏小小、冯小青皆为子虚乌有之美人，其墓茔亦不过好事者假托所为，西湖之入诗，且如此有情有色，多半是因了这子虚乌有之美人。纵然可以指认史上之美人为子虚乌有，然而，人心咏叹之美女，作为西湖景物点睛之美人墓茔，到头来，又岂可一概视其为子虚乌有哉？ 离开圣因寺行宫之丹壁，经跨虹桥，入岳湖，右边即西湖十景之一曲院风荷，败叶满目，令人甚感哀怜。

系舟栖霞岭下岳王庙前，步上岸去进谒岳庙。庙内安置之塑像酷似演剧，令人生厌。复拜谒邻傍之坟墓。墓高丈许，周长三丈许。一旁为其子岳云墓，形制稍小。门内两侧，置有秦桧夫妻、张俊、万俟卨铁铸人像，裸身，为手缚背后状，面朝岳坟。明末以来，几度更铸，眼下之物，则为新近所铸。千载之下，恩仇两立本该譬若逝水，何以会留下这如同鞭挞死尸之残酷儿戏，纵人唾骂耶？ 因体会到此国之人，心地执念之深重，亦甚觉悲惨可怜也。复乘舟至关帝庙内之蚕学堂。我邦人轰氏等三人，受聘于此，教授养蚕学。机械教室整理得颇为可观。适逢轰氏等三人外出打猎，未遇。将学堂内略一观毕，遂乘舟过赵公堤之玉带桥下，入里西湖。由压堤桥下横穿苏公堤，至外湖，左边为阮公墩、湖心亭，赴西湖十景之一三潭印月。旧时为一禅林，彭刚直公玉麟于此营造水庄，亭榭修洁，建于树影水色间。别于湖中构筑一大池，平桥曲折，连络三四水亭，池为败荷所掩，惟有遐想在此眺望莲花盛开时之盛景。桥尽头处，亭前湖中之三石塔，呈鼎足之势。据云，夏夜纳凉，月光映潭，影分为三，遂取名为三潭印月。彭公殁后，复归于寺院。此处正对雷峰塔，塔身红砖砌成，塔形诡异奇特，望之鲜艳夺目。塔系五代吴越王妃所建，重檐飞栋，后罹火灾，仅存砖瓦砌成部分。风雨斑剥，藤萝覆掩，想来是昔日之窗户处，已成八面幽深之空洞。离开三潭印月，前往钱王祠，即表忠观者。东坡碑虽残缺不全，然与明代重刻之碑相并存。于此舍舟步行，左边路经问水亭，由涌金门入城，日已迟暮。过武林大街，曲折穿行于热闹街市间，遂归。

二十一日，二十二日，皆雨。虽心驰神往于山色空蒙之眺望，悬想不已，然至湖上半里，须经过杂沓市街，终懒于前往。况且二十二日，领事馆内有在杭日本人聚会，我也已有意出席，遂不再做出游之想。在杭州之日本人，经商者，除大东公司二位，再不见有第三人，其他诸人之地位，均绝非可等闲视之。斋藤陆军大尉受聘于浙江武备学堂，执掌其教习。东西本愿寺之日语学堂，各有四人执掌教习，各各教授三十名内外之生徒。蚕学堂则前已言及。又闻，距此二日之行程，有绍兴府者，其中西学堂，亦由中川某氏出任教习云。浙江受吾邦之感化，诚可谓先行由教育实施之矣。若不蹶而进，岂非极有希望之地乎？但愿彼此和睦，不反目成仇，以期收取好结果。

二十三日，夜来似无雨，天空极清朗。伊藤壶溪氏邀我做西溪之游。西溪乃厉樊榭故宅所在地，以梅花闻名遐迩，固无异议矣。清早驱马出钱塘门，离湖岸，迤北，折而向西，沿渠，左边即为保俶塔。前行，路经秦亭山下。这一带左右尽为坟墓，草树茂生，早已掺杂红叶，野色分外秀丽。离渠，稍稍进入山道。此处莫非南宋高宗之辇路耶？ 正寻思间，顺山径，见一处名金鱼井的地方，边走边打听去西溪的路，却无人明确知晓。既而幽径曲折，青苔腻滑，清泉潺湲，与之左右相随，拨开山径，犹朝深处走去，但见修篁挟溪，仰头不见天色，山气清冽，但觉肌肤寒冷。询问路人地名，答曰花坞。此处亦著名胜地之一矣。然前往目的地西溪之路，却越发难以确定，不得已，遂掉转马首，折回原先来路。于桃源岭下买面聊充午餐。再往回走，跟人打听西溪的路，说还有十余里地。时已午后三时，已晚，于是相互商定，改变计划，弃马步行，翻过桃源岭，前往灵隐。来到岭上，但见身后野色旷远，绿树红叶相间，仿佛铺了一层锦毡。岭前，西湖安然坐落于眼皮底下，隔着杭州城与吴山，钱塘江水色，犹如曳出一道白练。遥远处，天幕低垂，可望见海宁一带海面。杭州城内外，宽敞粉墙，彰显于翠树之间。此处生活之殷富，一目即可了然。下山岭，取道小径，至溪流旁，溪水从树荫间流过，清冽异常，沙石明澈。缘溪流前行，照例有一拱桥，过桥右折，即直达灵隐寺。灵隐寺翠色欲滴，坐落于高耸入云之北高峰下，山势周匝环绕，护侍灵区。入楼门，行数十步，磴道左边便是飞来峰，岩石嵯峨，参差乱耸，又多山洞。《武林旧事》称：诸岩洞皆嵌空玲珑，莹滑清润，若虬龙瑞凤，若层华吐萼，又若皱縠叠浪，穿幽透深，不可名状。林木皆拔起于岩骨间，无土而生。果真是曲尽形容之能事，描绘得尽善尽美矣。岩面洞间，雕刻佛像，不知有几百座之数。但觉元至元年间者，犹有可不时摩挲其铭文之佛像在，虽大多经明末清代粗拙工匠修整改动，面相已殊少活气；而看似依然当年原作者，容姿怪诡而腴润，与居庸关之佛像出诸同一手法。洞中所见题名等，多为宋代以后至近世者，既有名人，也有无名之辈。由冷泉亭前入山门，正殿据云已毁于发贼之乱，仅留其基址。入罗汉堂，观赏五百罗汉。高皆六尺许，似为明末之作，与我邦宇治黄蘗山十八罗汉同一款式，略显笨拙，然胜过北京西山之碧云寺。走出寺来，已是天色垂暮之时。急急步至西湖边上，已时逾六时。赶在钱塘门未关之前，自卧龙桥之上游赁舟，由里西湖，横穿苏公堤，来到外湖。孤山、宝石山一带，灯火点点，坠落水面，暝色渐深，水烟微茫，仿佛行走于牧溪①之水墨山水中。水面若隐隐传来不知何处响起之钟声，越发令人有清寂难当之感。入钱塘门时，几乎已很难分辨得清行路。

二十四日，登所谓吴山第一峰，不过一小丘陵耳，为屏蔽于西湖南面之连绵山峦之一端，延伸至城墙内。右为西湖，左揽浙江，北乃杭州城，万家粉墙鳞次，壮观无

---

① 南宋画家，其画颇具禅意，遗迹多流传日本。代表作有《潇湘八景图》等。《远浦归帆图》真迹现藏京都国立博物馆，《松猿图》则对日本禅画影响尤深。

匹。山上设有大观台。寺观台榭栉比，反妨碍观赏眺望。沈德潜有诗云：

湖影长堤分内外， 江流全浙划东西；
凭高无限苍茫意， 一抹遥山指会稽。

乃纪实之笔。浙江以观潮而闻名，所谓钱塘八月之潮。此次来游，适非其时，但见浙江波澜不兴，格外恬静，犹如研磨过一般。然而，如这般俨然一池明湖，布帆安然行走其间，驶向无际之涯，亦非轻易所可观得之景致。由吴山望去，地当西南处，有一凤凰山，山下一寺院，据云乃南宋大内旧址，今则已属城外之域，已无人凭吊矣。虽逢人辄详加询问，竟无一人知悉。我也迫于行程，最终无缘寻索得个究竟，至为遗憾。

吴山归途，访五圣堂巷之西本愿寺学堂。午后乘轿子自杭州城出发，至拱宸桥，搭乘戴生昌之小汽船。晚六时，前往苏州。

呈湖南词兄用敦民西溪诗韵

伊藤壶溪

故人远自海之东， 佳约明朝酒不空。

十里秦亭山下水，芦花如雪扑吟篷。

次韵奉酬壶溪词兄

内藤湖南

水乡闻道浙西东，断续渔歌半落空。
最是西湖明月夜，故人留我泊吟篷。

西湖之胜，究竟何在？非短小篇章所能穷尽。若有仔细访寻之人，抵达杭州后，可直接去官营书局，购求《西湖志》及诸如《湖山便览》，当甚便利。今单抄录西湖十景、钱塘八景及增补西湖十八景之名目，以资诱发探胜游客之意兴。然而，必欲依照此类品题探访名胜，则无异于翻检陈年教坊名簿以觅得可意之佳人矣。

西湖十景

苏堤春晓　双峰插云　柳浪闻莺　花港观鱼
曲院风荷　平湖秋月　南屏晚钟　三潭印月
雷峰夕照　断桥残雪

钱塘八景

六桥烟柳　九里云松　灵石樵歌　冷泉猿啸

葛岭朝暾　孤山霁雪　北关夜市　浙江秋涛

增补西湖十八景

湖山春社　功德崇坊　玉带晴虹　海霞西爽

梅林归鹤　鱼沼秋蓉　莲池松舍　宝石凤亭

亭湾骑射　蕉石鸣琴　玉泉鱼跃　凤岭松涛

湖心平眺　吴山大观　天竺香市　云栖梵径

韬光观海　西溪探梅

其八　苏州　虎丘　寒山寺　灵岩山　沧浪亭

我乘坐之拖轮上等舱室，有四位中国乘客先我而入，已无余席，我乃勉强挤入，其逼仄局促，岂语言所可形容。平常与中国人交肩而过，连衣袖相触都觉不快，眼下则不得不勉强插入其间，求取一宵之眠，思之甚觉悲惨。若遇有吸食鸦片者，将如之何？暗中痛心疾首，所幸皆非瘾君子也。二十五日清晨，船过嘉兴。至此，沪杭间之航路，均走同一水路，由此向前，则分道而行，赴苏州者，由大运河。舟中空气混浊，寂寞无聊，但觉心烦难忍。中国人旅客，携带寝具自不待言，即便餐具、便器，旅途中随身携带，亦习以为常。船中所应提供乘客者，竟连一只茶杯也无。我频频索求开水，却无可承受之器具，无奈，只得向同舟之中国人借用。同舟之一人名叫熊佐周，浙江衢州府人，看上去像是一名官吏，邀我笔谈，应酬数语，聊以遣闷，以皮包中所携之《万朝报》一份相赠。

船过平望镇，继续向北，从一名叫宝带桥之大石桥侧过，眼镜型之桥孔，凡五十三个孔，彼此连接，其中央三孔较大，谓其有若长虹，横架空中，亦洵非虚构。据《大清统一志》桥长一千二百丈云，似颇过于夸大。想必也即长约六七町吧。位于澹台湖口，为运道所经之处，汉代时即已开通，唐代王仲舒捐出宝带，筑桥于此，由以得今名。相传经宋、明两代重修。于晚景中，抵达苏州吴门桥东。至领事馆，片山敏彦氏尽东道之谊。

在苏州，日本人必游之地，照例为枫桥寒山寺与虎丘等处。大东汽船会社苏州分社海津、新井二君，特为我租赁一小画舫，据云，其为日本人导游此地，当已超逾五六十回，我亦命该被其一无遗漏纳入此一数字矣。二十七日，于吴门桥下解缆开船，先赴虎丘。画舫过连接城墙西面外侧之大运河，但见河中船舶鳞次，中有江苏水师之炮艇若干，乃小型之中国船，船首配备一门铜制炮，炮身大小但觉与机关炮相仿。艇虽小，但其制式甚佳，据云颇堪承受发射之际之震动。太湖水师之炮艇亦与此同一制式，乃彭玉麟①组织长江水师，以减发贼②势焰时之遗制。其

① 彭玉麟(1816—1890)，衡阳人。曾国藩镇压太平军时，为湘军水师统领，后擢升兵部尚书。

② 作者此用法亦为当时清政府及列强对太平军之蔑称，后同。

在昔时曾颇为奏效，然用于今世之实战，固然已不中用。胥门、阊门等，皆为古意盎然之名称，过其门外，折而向左，进入稍狭之水路。至虎丘，两岸市屋栉比，风景无甚值得称说者。船只往来频繁，船夫大声互骂不辍，以避行船彼此冲突。至虎丘山麓，民家稍见荒疏。系缆于柳荫，遂登丘而上。

虎丘山位于苏州西北，距城七华里处，乃平畴间之一大土阜。又名海涌山。吴越春秋时，为吴王阖闾墓冢之所在地。相传，盖下葬之时，发五郡十万人治冢，葬后三日，有白虎蹲踞其上，故取名为虎丘。秦始皇东巡时，凿冢求吴王宝剑，此虎当坟而踞，秦始皇以剑击之，未及，误中一石，其遗迹犹存，剑则已不复得，乃陷而成池，故号为剑池。池旁有一石，其大当可坐千人，号千人石。事见唐人所著之《吴地记》。入山门，观览元代之至正及明代之永乐、景泰、正德等虎丘云岩寺之修造碑。永乐碑系杨士奇撰文。稍进，有拥翠山庄，依丘而筑，由此纵目西眺，灵岩山、天平山、狮子山、上方山、阳山等吴郡名山，断断续续，峙立于平野尽头。山庄下则有憨憨泉。沿磴道再向上，为秦皇之试剑石。巨石正中，断为两截，秋草萌生其间。又有一真娘墓。真娘乃古代吴国之佳丽，事见于《吴地记》。自古以来，羁旅才子为之题诗者不在少数。我邦竹添井井[①]之诗句中也曾有吟咏。然而，其何故葬此之缘由，则不甚明了。磴道尽头，则为千人石，岩石平广，经风雨剥蚀，呈死寂般苍黑。其左边之穷绝处，则为剑池，两岩耸峙，俨若以巨斧劈削而成，上架石桥，其间清泉满贮，有“风壑寒泉”几个题字。池旁一石，“虎丘剑池”四个大字，相传为颜鲁公所书，然已几经改刻。与之相邻之一石，则刻有吕祖师、陈希夷人像。千人石相传为高僧竺道生说法处，立其石以为听徒，石皆点头云。此番灵迹，如今硕果仅存者，惟明万历壬辰年间所建《金刚经》之石灯耳。闻山巅寺中有本邦铸造之钟，虽确有其事，然系贞享[②]年间铸造，铜质也甚粗糙，见镌有钱塘胡光墉捐献字样，定是我明治维新后，中国商人于神户、大阪所购得之寺院变卖品，携来此寺者无疑。丘上有一七重宝塔，苏州四周平野，于此尽入眼底。沟渠纵横，绿树荫郁，不时杂以红黄，黄熟之稻田错综其间，由此可知此地富庶之程度。苏州城中最显目者，当数北寺之九重大塔、

---

① 竹添光鸿(1841—1917)，字渐卿，号井井。清光绪元年(1875年)随日驻清公使赴天津，翌年五月自北京出发，经河北、河南、陕西入四川，后沿江东下，八月抵上海。光绪六年任日驻天津总领事。后退出政界，执教东京帝国大学，辞职，专心著述。著有《栈云峡雨日记并诗草》三卷，《左氏会笺》三十卷，《毛诗会笺》二十卷，《论语会笺》二十卷，《独抱楼遗稿》五卷，《井井賸稿》一卷等。

② 贞享，日本年号之一，指1684年至1687年期间。

双塔寺之双塔及瑞光寺之塔。东北方，野色与天色相接处，水光微茫，须凭借双筒望远镜之力所能辨认者，乃阳城湖[①]也，是仅次于太湖之一大湖泽。下虎丘，复登画舫，入右侧分叉之渠流，前往枫桥。

虎丘至枫桥之水路，穿行于田野间，往来船只稀疏，两岸芦荻，逼向水面，不时摩挲触碰画舫。红树映带，落叶点水，寂寥古坟，随处可见，起伏于草丛间。枫桥镇自成一小市，桥即坐落于集市中。于镇子尽头处泊舟，步行至寒山寺。破旧之寺门关闭。叩门寻访，面带饥色之寒僧欣然应答，为我引路。寺堂已荡然无存，佛像则安置于破败污浊之一庵中，眼下仅有一僧默然枯坐。于胡乱堆积之屋瓦石础中，见有明崇祯年号之石额横陈其间，上刻“寒拾遗迹”四字。文衡山[②]草书张继《枫桥夜泊》之诗碑，则颓然嵌于壁间，半已剥落，埋没于尘埃臭秽之中。凡来此造访者，概为我邦人士。苏州本当属文士景仰之地，闻更无一人前来凭吊者，此亦可视为中国人衰败气象之一征候矣。枫桥名不虚传，地当孔道，发贼乱后，重经修葺，

---

① 即阳澄湖。

② 文征明(1470—1559)，因先世衡山人，故号“衡山居士”，世称“文衡山”。长州(今苏州)人。明代书画家、文学家。官至翰林待诏。于诗、文、书、画无所不精，诗宗白居易、苏轼，文受业于吴宽，学书于李应祯，学画于沈周，并共创“吴派”。其画与沈周、唐伯虎、仇英合称“明四家”(“吴门四家”)；诗文则与祝允明、唐寅、徐祯卿并称“吴中四才子”。

照例是拱形小桥，架设于嘈杂市屋之间，两侧则为共用便所。若有一假充斯文之张继泊舟其下，料想定会因臭气熏蒸而终夜难以成眠。诚可笑之至。

归路过留园。园以亭榭重叠得其情趣，以石刻楹联饰其古雅，乃中国泉石最出类拔萃之一标本。门前乞丐麇集，令人闭口无言。下午五时顷，归抵吴门桥。

二十八日，邀东本愿寺山本一成师，共探灵岩之胜。复赁昨日之画舫。水路由胥门一侧，入左边歧道，稍迤西，一路朝南驶去，想来当是方志上所云之胥塘者矣。右边为黄山，又名笔架山，名如其实，形似笔架。相传有吴王僚墓茔之狮子山，于平野间眺望，则形若狮猊蹲踞状。左边为上方山，山麓至山腰，处处红树点缀，山巅之塔，数里外即可望见。前方七子山巅，见有数个隆起之古冢，彼此间距相当，据里俗所传，似是古时某国王七个儿子之坟冢，然《吴地记》、《吴郡图经续记》、《大清一统志》中，皆尢此记载。惟此等书中所提及之所谓横山，由地势考量，令人疑惑莫非即是此地也。虽记载称山中有陆云墓，然而究竟何在，则无从询问。水路稍一曲折，由黄山尽头处，便可望见左边之七子山。灵岩山之塔亦早早出现在了前方。过木渎镇，两岸古树，交柯蔽水，画舫于此驻泊。偕山本氏登岸步行，由西麓上山，山峰间砖道渐趋陡急，苦于措足，丈余怪石，往往挡道而立，抬头仰望，山巅奇岩，参差错落，老绿红黄之树木点缀其间，景物极为奇丽。山巅有灵岩寺，相传为古时晋代大尉陆玩舍弃家宅所建。即就寺小憩。

灵岩山本名砚石山，其山石可作砚，事见《吴郡图经续记》。今已不复见有如此质地之石矣。山之西有石鼓，大三十围，因亦名石鼓山。事虽见载于《吴地记》、《吴郡图经续记》及《太平寰宇记》，然质之寺僧，央其物色，亦踟蹰不能指认。《越绝书》称吴人于砚石置馆娃宫①，即是此山。扬雄《方言》有云，吴人呼美女为娃，当因西施而得名。此据《图经续记》所记。《图经续记》又记云：山顶可见三池，一为日月池，一为砚池，一为浣华池，春秋时吴国所凿；下有石室，乃吴王囚禁范蠡之所。《姑苏新志》则载有琴台、西施洞、响屧廊②、吴王井、佛日岩等遗迹之名目。烦请寺僧带路，山顶实有二池，一清澈，深不见底，一水葵密生，不见水色。其状一为圆形，一为八角棱形。另有一池则今已不见。连寺院亦已多半荒废，草没断础，以致馆娃宫之往昔已无从缅怀。楩梓敷地，西施行走其上时，脚底便会发出轻微声响之所谓“响屧廊”，则不知该由何处寻索。岩石磊砢，冒险攀踏，抵达

---

① 春秋时吴王夫差为越女西施所建，遗址即灵隐山顶崇报寺（灵隐寺）寺基。

② 宋范成大《吴郡志》：“响屧廊在灵隐山寺。相传吴王令西施辈步屧，廊虚而响，故名。今寺中以照圆塔前小斜廊为之。白乐天亦名鸣屧廊。”

绝巅，相传此处即为琴台旧址。虽有石刻“琴台”之字样，然而，一弱不禁风、一步三颤之美人，登此危巅以鼓瑶琴，但觉甚为渺茫无稽之事矣。

由此四面眺望，一泾流向西南，直达太湖之胥口，笔直如箭，取名采香泾。太湖水色，一碧如洗，与天相接。洞庭西山秀特独明，其余群峰，错杂而立，相互掩映。此即所谓太湖七十二峰也欤?《图经续记》所记者：尝登灵岩之巅，俯瞰具区（即太湖），眺望洞庭，烟涛浩渺，一目千里，碧岩翠坞，点缀于沧波间，诚绝景也，不意今得其实矣。湖面浩大，分为数支：南面，由七子山左边所望见者，当是石湖；北面，穹隆山、光福山右边，遥遥可见者，则不知云何；横卧灵岩山之西面者，因其湖面甚大，望之，遥遥然，若绕山，呈半环状。胥口北之姑苏山，乃吴王阖闾、夫差，极二世之力，以全吴之富，聚三年材，五年所建成者，其高，可望高三百里，楚之章华台亦不足与之相比，乃人称姑苏台之所在也。史云太史公登姑苏、望五湖，莫非即为此处乎？ 由灵岩向东北绵延之山脉中，有一巍然高出众山者，乃天平山。其山麓林樾荫翳，秀润可爱，至今犹与《图经续记》所记者无异。徘徊顾望，不禁怀念古人悠然泛舟五湖之乐。归至寺中憩息。归途寻访西施洞，一甚浅之石罅耳，未审是真是假。行走于无路之处，寻思或为石城之遗址，由此找到来时之砖道，辄归画舫，就归路。近城，日已暮，画舫以火点燃剪彩装饰之两灯，于橹声咿呀中抵吴门桥。纵无载得西施归来之豪兴，亦能心驰神往于两千年前之往昔时光矣。

翌晨，观览朝承天寺、北寺。北寺之塔，九重，二十余丈，游历中所经见之最大者也。虽登塔，此日雾深，苏州城内，茫然无所见。塔内砖上，见有明嘉靖卅七年及四十一年之铭文。砖色黝黑，有光泽，制法极精。寺初系三国时吴夫人所建，今所存者乃明中叶以后所修建，此砖铭已甚明了。寺本名报恩寺。其旁之普门禅院，宋景德中，日本僧人寂照，即圆通大师所居处，此事报恩寺僧人成莲亦以笔记之，语及于我，然而，禅院今已不存。玄妙观乃此地道教之基地，建筑结构颇壮丽，观址位于闹市地段，与日本浅草寺相仿佛。此日午后，应片山氏之邀，泛舟城外之采菱洲。洲名即片山氏所命。恍然间，仿佛置身于往昔吴王之豪华而莫能分辨。此处野色平远，洲渚曲折，田舍朴素，甚有逸趣。片山氏屡以公务之暇，泛舟于此云。

苏州之日本领事馆，东邻南禅寺，前对孔庙，北则与沧浪亭为邻。相传南禅寺乃白乐天旧游之地，因无遑诣观，故无由记述。惟其寺僧甚贪婪，据闻，我抵苏州之前日，即有怨恨此僧者自缢于寺中，使该僧大感棘手云。盖在中国，有人死于自己地界，乃甚为棘手之事，因其提供贪吏以罗织罪名之方便之故，必重赂官吏，亦仅得免受其祸而已。苏州之孔庙，虽以其闳大而闻名遐迩，然而境内颇荒芜，多有为农夫锄犁所侵处。犹见嵌于壁间之宋时范成大等同年题名碑。最值得记述者，则为沧浪亭。

据《石林诗话》，沧浪亭乃五代钱氏时，广陵王元璙所修之池馆，然其得名沧浪，则出自宋庆历年间之苏子美。子美既中谗言，遭废黜，寓于吴中，遂购湖石筑沧浪亭。诗集中有数首关涉此亭。欧阳文忠公、梅圣俞等，亦唱和之。文忠诗中有“清风明月本无价，可惜只卖四万钱”之句。相传圣俞晚年，即与此亭比邻而居。子美死后，亭几易其主。建炎罹兵燹，为韩蕲王世宗所得。其后屡经变迁，清初宋牧仲任江苏巡抚时，亭之故址，仅存一抔，野水萦洄，巨石颓仆，小山蒴翳于荒烟蔓草间，人迹罕至。虽经重修，恢复旧观，然又毁于发贼之乱。今之沧浪亭，则系其后修造者矣。《沧浪亭志》二卷，宋牧仲所编，其改修前之事迹名胜，当可从中得其梗概。

亭以池相绕，败荷掩之，中有亭榭树石，虽不见常有修治，然颇洁净，乃宜于游怡之所也。沧浪亭筑于小丘之上，文衡山之隶书匾额、宋牧仲之记犹在，其为原物与否，则无从考知。而亭之令人缅想者，与其说是在其实景，毋宁说是荟集了众多名士词人之题咏之故，远者有苏子美、欧阳文忠、梅圣俞之遗迹，近者则有宋中丞、王阮亭、尤悔庵、朱竹垞、邵青门等，一时风流之盛，表彰胜迹，令人低回不忍离去也。观览沧浪亭为三十日，此日另赴发贼之乱焚毁残余之开元寺藏经阁观览。傍晚，由吴门桥外搭乘大东公司拖轮前往上海。三十一日清晨八时，抵沪上。苏杭至此遂告游毕。

其九　溯江而上

在上海，值天长节[①]佳辰。亲临张园之日本人集会，得以拜见绅士进退失据之行仪，复为自称志士者之争执所惊骇。又赴领事馆招请之宴会，遂未错失恭贺天皇陛下万岁之庆典。翌日，即四日夜晚，搭乘大阪商船会社之天健川丸轮，前往汉口。起航似为五日凌晨二时。正在梦中，浑然不知。清晨出甲板，江流阔大，不知际涯，但见处处绿树如烟，时而露出树梢，时而露出树干，凭此测知江之广狭。行船右前方，烟霭微茫中，依稀似有山，以双筒望远镜瞰视之，果不其然。按图索骥，想来必是狼山无疑。待船稍稍前行，渐渐得以看清，先是只有两座山峰，随后变成三座、四座，其中一峰有塔，与所推测者无违。按：狼山，与塔山、军山、马鞍山、刀刃山相接续，亦称狼五山，为长江所截，复南渡延伸八十里，抵苏州常熟县之福

---

① 昭和二十年之前，日本称天皇生日为天长节。

山镇。左舷前方，遥遥可见之白色家屋，当为福山镇。此镇与比邻之居于上游之杨家港等，相传并为明代嘉靖年间筑堡抵御倭寇之所在。狼山、福山与崇明，势成掎角，自然成为防守之要地，而八幡船之倭人，纵横其间，如入无人之境，至今犹可想见，其所过处，若燎原之火。通州①虽位于狼山之北约十五华里处，航海者强行以此狼山作为渡口，遂有了通州这一地名。

狼山渡至江阴，江流开阔处，宽逾四五海里，最狭处也不下二海里。大江恣肆汪洋，其为江乎，抑或为海乎，殊难分辨。两岸惟有数点青螺，微茫中隐约可见。船至江阴县东北约六华里处之黄山下，江流陡然蹙紧至约一海里宽。威逼江流之黄山鹅鼻嘴，有长江第一关隘之称，自古便是控守长江之重地。宋南渡后，置营塞于山麓。明初吴良镇守此地，吴王张士诚因之不得渡江，亦不得溯流而上，攻占上游。至今依然炮垒罗列，江南提督李占椿镇守于此。南方新式精锐之自强军，据闻也屯驻于此。江阴县北，地当黄山西南，有一君山，乃镇县之山。其西为黄田港，通县城，相传为楚春申君黄歇所开，用以引江溉田者。黄山、君山、黄田港，皆因春申君而得名。森槐南②

① 即今之南通。

② 森槐南(1863—1911)，名公泰，字大来，号槐南。曾任宫内大臣秘书、东京帝国大学文科讲师等。善汉诗，为明治后期三大家之一。著有《槐南集》等。

《江阴县所见》诗中有句云：“江流微一蹙，潮势复千盘。”乃颇能道出其形胜者也。续句“炮垒为谁戍，估帆行自安”，我亦不得不兴斯同感。虽知天星桥一带，江流当绕行自北而来，然已入夜，无从看清此番情景。船抵镇江，但觉已是夜半。蹴被而起，窥视江面，夜色甚暗，惟有透过星光，依稀推测江岸之山，即北固山之大致方位。对岸数点灯火，想必乃与韩世宗、岳飞齐名之南宋名将刘锜，囤驻兵马、力拒金兵之瓜州矣。

六日清晨，起身后来到甲板，船过南京已远。洲渚断续，江流合而又分。船由泰兴洲西端过，李青莲[①]捉月投水之采石矶，为江洲所隔，未能睹见。有两浮图，一高耸于山丘，一低立于地平，想来已至太平府之地界。山丘有浮图者，乃黄山，相传刘宋时之凌云台旧址，即在此山。远处群山蜿蜒，或浓或淡，杳垒于烟霭之间，桓温携妓登此，奏白纻之歌并以此得名之白纻山，因李白每每激赏南朝齐之谢宣城又名谢公山，相传桓温连开九日酒宴之龙山，皆在彼处。江流相合复又相分处，两岸巉岩，东西相匹，高各二百五十尺，红绿矮树，缀于碧岩之隙，崖下有一小市邑，乃所谓东、西梁山也，东梁山又名博望山，合两山即谓天门山。李青莲诗句“天门中断楚江开”之天

---

① 即唐代大诗人李白。

门，即指此山，而我等则真若“孤帆一片日边来”之来者矣。自春秋吴楚争战，经六朝及唐、宋，乃成世代战守之险要，而铁锁断江之故事，则亦已成为旧梦。船从四合山、曹姑洲间穿行而过，借赭山浮图，得以辨认船已抵达芜湖埠头。停泊一小时，继续行向西南，经旧县抵荻港，乃位于江阴上游之长江第二险要。凤凰矶直扼大江，江流迫仄处，至仅有四分之三海里。城邑在矶南，介于山水间，景致殊胜。稍下，板子矶拔起于江上，高八十尺，上有浮图一座，即所谓蜃居山也。相传山顶有一龙池。江流由荻港稍上游处折而西来，分为数道支流。此时暮色渐暝，已无从分辨船航行于哪道支流。

船于睡梦中过池州、安庆。七日清早来到甲板，奇绝之景突现眼前，待揉拭睡眼审谛，乃马当矶也。陆龟蒙尝作铭，曰：“天下之险，在山曰太行，在水曰吕梁，合二险为一，吾亦闻乎马当。”眼前岩石壁立，仿佛用巨斧削出，不曾有一树木，惟见草苔苍润。江水至此，触壁转激，一斡一旋回，浊流为涡，虽为千吨之巨舶，犹摇摇然，樯倾舷鸣。待绕岩一转，则波平如熨，境亦豁然。杨柳成林，障蔽沙岸，山势渐远，烟色转浓，微茫无际间，忽又见群峦近水，景自安逸秀美。马当已去，小姑接踵而来。小姑山又作小孤山。相传古时山在江之北岸，半入江中。明代成化二十年，江水忽而向北分岔，至小孤山为江水所围绕。今即屹立于四面澎湃之江水间，孤岩崭然。北面水鸟群栖，为雪白鸟粪所披覆。南面林木密生，登石级百余，可达仿佛嵌于崖腹之宫观。观中之人，能从江中一一指点。至绝巅，更有一二级浮图。东与澎浪矶[①]相对，矶之险奇，不让马当。水际亦有一观，其屋翼然重叠。江流湍急，沸沸然欲涌。相传俗谚所云之“小姑嫁彭郎”，莫非真是因了其景致绝胜之缘故？ 不禁令人联想起吾邦日本之亩火、耳梨神话。

过澎浪矶，则为彭泽县境。此处江之南岸，山骨全露出，危岩争峙，其稍远离长江，当为江流迁移之结果。山与江之间，芦花盛开，望之甚奇。大凡大江沿岸，若洲渚平衍处，芦荻丛生，往往数百里绵延不绝。时方孟冬，叶枯花开，似霜如雪，极目无涯。否则，长天杳渺，云树相接，倦飞之鸟，非人眼所能睹，借双筒望远镜，亦仅能稍稍辨认其低翔盘旋。此等景致，其宏远豁大，惟大陆中原所能得有，揆之有若我邦习见之富于细腻情趣之风光，属目力与想象所无从企及者，真乃天地间之一大壮观也。继续向西南航行，江流宽阔，南岸山峦起伏，绵亘数里间，见山际似有白云然，待渐近，借双筒望远镜窥之，乃童秃之砂山也。前方烟云间，攒峰叠嶂，山色苍润者，想必是

---

① 石矶名，俗转作彭郎，俚云为小姑婿。

庐山矣。稍进，则靠近南岸之江水，觉其色稍转清澄，知系与鄱阳湖水合流之故。湖口县城依山而建，濒临鄱阳湖口，景致颇奇。张家洲见于右，扁担洲见于左，船向西直行，扁担洲偕同梅家洲，将大江与鄱阳湖，厘然区划开来。地势极低，距此约四五海里之南端，出现一巍然屹立于湖心之大孤山，与筑于其上之浮图，高耸于云天间，夺人眼目。因其形似，大孤山一名鞋山。一峰独耸于四周洪涛之中，矗然高峻，相传乃大禹治洪水时刻石记功之处，一说为秦始皇勒铭之所。顾况①诗中即有句云："大孤山尽小孤山，月照洞庭归客船。"乃自古有名之胜地。渐行，庐山诸峰，隔烟竞秀，乃莲花、双剑、天池、石耳、掷笔诸峰乎？ 邦人尤耳熟能详之香炉峰，亦必在其中，然究属何者，则难以分辨耳。凡长江沿岸之山，一路所经，似未见有高于千尺者，独匡庐群峰，高达四千至四千五百尺，且岩壑横斜，穷极其奇状。北与大江照面，东则俯瞰彭蠡，宜其自古即被称为神灵之栖居地。道术之士，嘉遁之客，亦多寄迹其间，更增其灵异。此次无暇前去探访慧远、陶渊明之旧居，于我实为恨事矣。

午后二时，船抵九江府，即古时江州浔阳郡。府城所

① 顾况(约727—815)，唐代诗人、画家、鉴赏家。字逋翁，号华阳真逸(一说华阳真隐)，晚年自号悲翁，苏州海盐恒山人(今在浙江海宁境内)。

临之大江，别称浔阳江。城墙蜿蜒，扼守江流。城墙彼处，红树参差，楼阁隐约可见。城墙东联炮台，其中见有尚在修建者。白乐天偶遇商妇之故址，名曰琵琶亭者，则不知其所在。甘棠湖、盆浦口，水色明丽，不知往昔风景，又是如何情形。江湖吞纳，江陵、武昌之险要形胜，则依然如故。船由此稍向西北而行，天色越发阴沉，雨随之而至。至武穴镇时，暮色已合。据闻，由此上溯，江蹙岸阻，风景多有绝胜处，可惜至翌日，即八日清早，船抵汉口，一路行经何处，全为黑夜与睡梦所掩，已无所知晓矣。

其十　武汉之游　黄鹤楼　大别山[①]　伯牙台

在汉口，由《汉报》馆宗方小太郎[②]尽东道之谊。九日至十一日，此三日为淫雨所阻，无由纵情游观，空自蠖屈报馆中，惟与报馆冈西门、篠原牧东、清藤吞宇诸氏叙旧话新而已。至十二日，天始放晴，江上行船，点点可数。与宗方、冈、篠原三氏结伴，于招商局埠头觅得渡轮，溯江南行。见岸上有一扶桑宫之祠，盖移我邦金毗罗神社于此而祀者，其为航业家所信仰，故虽在中国，犹多有前往祭祀者云。闻所祭之神有八百万之众，仅《延喜式》之名神，即有三千一百三十二尊之多。其在异域被崇祀者，则惟有此神而已，令我深感象头山头神威之灵验。至汉水口，但觉“万樯林立”一词，洵非虚与委蛇之形容词。此地之实景，果不其然，有若修竹密生，樯外之市

---

① 又名大鳖山，即龟山。前枕长江，北带汉水。

② 宗方小太郎(1864—1924)，甲午战争期间，充任日军翻译，后在上海设东方通信社，并参与创建同文书院。

屋，则为之遮蔽不见。此处多为溯汉水而上、往来于襄阳地方之船舶，此外便是前往湖南洞庭湖一带及上溯三峡之船只。据云，依照水势及所载货物种类之不同，船只形状及停泊码头也各自不同。其中溯江前往三峡之船，破篾捻成之纤索，其粗大，令人瞠目。捻索人坐数丈高之望楼上，篾片长垂，编捻而行，则俨然成一奇观。由大别山尽头处之晴川阁①下折而向东，横越江面，抵武昌府黄鹤楼下，遂弃船登岸。

黄鹤楼位于黄鹄山延伸至江岸之尽头，即黄鹄矶所在处。西与汉阳之大别山遥相对应，中挟大江，江宽一海里许。浊流滚滚，消逝于长天低垂之原野。凤凰山与黄鹄山相平行，皆在府城之内。明月、俞家诸湖，则萦绕于城之东南。远近相属，或通大江。地势之雄壮，自古以来，便不负巨镇之称。入汉阳门，拾石级而上，乞丐蝇集纠缠，令人头痛不已。观楼址，在后面茶楼憩息。按，汪容甫为毕沅代笔所纂之《黄鹤楼铭》序：

江出峡，东至于巴丘，沅湘二水入焉。又东至于夏口，汉水入焉。于是西自岷山，西南自牂牁，南自桂岭，西北自嶓冢，五水所经半天下，皆汇于是以注于海。而

① 在龟山东端禹功矶上，始建于明代。

江夏黄鹄山当其冲。江环其三面，再折而后东，故地形称险焉。县因山为城，山之西有矶，起于江中，石立如植，激水逆行恒数里，于形为尤险。其上为楼，咸取于山以为名。始自孙吴，郦氏著之。《齐》、《梁》二书，并载其迹。于后，楼之兴废，史莫能纪。乾隆元年，大学士史文靖总督湖广，乃更其制，自山以上，直立十有八丈，其形正方，四望如一，高壮闳丽，称其山川。历年六十，坚密如新。其下则水师蒙冲在焉。岁以十月都试，吴戈犀甲，蔽川耀日。江以西，商旅百货之所凑，道路昼夜行不休。著籍户八百万，公私舟楫，列樯成林。南北二郊，原湿沃衍，禾黍弥望，无高山深林之蔽。

铭词曰：

乐哉斯丘！会城之巅。上标崇观。下俯大川。柱天不倾。障江欲回。山增比岳。水激成雷。都会是程。荆蛮斯控。光映乌帑。势吞云梦。四野底平。八窗洞属。登若冯虚。望惟极目。

已道尽其形胜矣。只是，楼焚毁于十五年前，今已无存。流传于照相之旧规，为圆形之三层楼，虽飞檐若翔，甚有情趣，然已不复乾隆往昔之十八丈高楼。盖乾隆兴筑之楼，焚毁于发贼之乱，后改筑三层楼，亦遭火灾，今犹未及再兴。一去不复返者，非惟黄鹤也。晴川虽阁名犹存，岿然对峙，而鹦鹉洲则已由江心移至江北，附着于汉阳府南。举目之下，山川楼观，亦已几经兴废，不复旧物矣。汪容甫又云：

> 其有逐臣羁客，登高作赋，感物造端，可兴可怨。丹丘羽人，云水栖霞，徜徉其地，均足以发抒文采，增成故实。

我虽无从追步此二者，然又岂能不慨然兴此千古之叹乎？

下黄鹄山，由其北绕至南，复由南楼往西。南楼又名白云楼，宋元祐年间重建，已非庾亮[①]当年登临之南楼矣。缘市街，抵自强学堂。学堂系总督张之洞所建，规模

---

① 庾亮(289—340)，字元规，颍川鄢陵(今河南鄢陵北)人。东晋外戚、名士。姿容俊美，善谈玄理，又遵守礼法，为人严肃庄重。晋元帝司马睿为镇东大将军时，被召任西曹掾，颇受器重。其妹庾文君为世子(司马绍)妃。后与王导等辅政，但政事实际都由庾亮决断。执政后一反王导之宽和，因而大失人心。后又执意征苏峻入京，造成苏峻之乱，遂逃奔温峤，共推陶侃为盟主，平定动乱。陶侃殁后，代其为征西将军，兼领江、荆、豫三州刺史，都督七州诸军事。咸康五年(339 年)，部署诸将，意图北伐，遭朝臣反对。不久，邾城失陷，北伐部署失败，忧闷成疾以殁。

颇宏壮。吾邦教师三人佣聘于此者，即古山、根岸、柳原三氏也。询问其授课之情形等，遂告辞。复抵农务学堂。学堂位于黄鹄山系脉之蛇山麓，比邻演武厅之开阔用地。学堂总办汪凤瀛氏，为张之洞之得力幕僚。此处养蚕部则聘有吾邦教师峰村氏等二人。由此向南，则为武备学堂，邦人大原大尉等数人，即作为翻译官受聘于此。如此，武昌府侨居之邦人，大抵皆在此执教者，此外，尚有西本愿寺之原田了哲氏、三井物产会社二留学生。我辞离汉口之日，又有西本愿寺之野边氏前来送行。此地固非商业要地，故不见有一人为商业家。傍晚复由汉阳门外赁船返回汉口。

翌日，十三日，又由宗方、冈、清藤、篠原诸氏陪伴，登汉阳之大别山。先以小舟沿江岸上溯，至晴川阁下弃舟上岸。晴川阁下岩石攒立，备极奇异，素有烟波石之名。此浦人称烟波江，当缘崔颢①诗句而得名。然拘泥过甚，未免可笑。此与因有《源氏物语》，遂附会物语而生出之须磨、明石②名胜者，盖如出一辙也。而人为制造名

---

① 崔颢(? —754)，唐代诗人。唐玄宗开元年间进士，开元后期出使河东军幕，天宝时历任太仆寺卿、司勋员外郎等职。年少为诗，名陷轻薄，后从军边塞，诗风大变。七律《黄鹤楼》最为有名，李白读后大为佩服，有“眼前有景道不得，崔颢题诗在上头”之感叹。宋代严羽《沧浪诗话》亦云：“唐人七言律诗，当以崔颢《黄鹤楼》为第一。”

② 日本观光地名，均位于神户西南海岸，与淡路岛隔明石海峡相望，自古即以白沙青松、风光明媚而著称。

胜者，亦实为所有国度在所难免之陋习矣。阁乃明代知府范之箴所建，立于大别山延伸至江岸之尽头，景致颇壮观。照例得付守楼人一笔强索之钱，方得登临。由此，顺山势，登大别山，即《水经注》所谓鲁山，又名翼际山，俗称则为龟山者。《长江图说》著者论云：此山非大别山，大别山当指黄麻北境之大山。指龟山为大别者，则始于唐人。其论之颇详，庶几可信。该著者又论曰：今汉口亦非禹迹之汉口，乃夏口也；以武昌为夏口，归属南岸，与古时真实不相符合；古时之汉口，当位于今汉口迤东之三五十华里间。此等论述，关涉地理变迁，故颇多兴味者焉，然此处却无暇顾及。

山之北面，为著名之汉阳铁政局。规模之宏大，真堪惊人。厂屋连栋，布满于山及汉水间，其范围与山之绵延长度相同。月湖之胜景，半数即被包揽于铁政局之域内。由山上望去，但见沃衍之野，与沮洳之泽相间，四周天野相接，长江之来路与去路，皆杳杳然，入于无际。武昌、汉阳、汉口三大市，挟江、汉而为鼎立之形。市屋栉比，其繁盛之程度可想而知。所谓八省之会，现在、将来之大市场，想必即出于此地。山之尽头处则为月湖，残荷仅存数茎，水亦干涸，舟划行于泥泞间。湖中有伯牙台。伯牙鼓琴，钟子期赏之，未审果为是处与否，然其境清幽，但觉聆听峨峨洋洋之音，自当为相应契合之所在。小憩之室中，悬古琴折本数幅，令人兴古雅相宜之观感。出琴台，棹舟月湖而行，但见横于湖面之堤岸，苫草小屋，连绵一片，当可想见贫民之众矣。见里门题写有“郎官里”字样，遂想起李太白泛舟郎官湖之故事，然郎官湖实位于汉阳府南，且明代正德年间即已填淤，至与沟渠无异。弃舟登岸，前行数十步，复由五圣庙南岸雇舟下汉水，过林立之樯桅间，返汉口。

汪容甫为毕沅代作之《汉上琴台之铭》，亦能记伯牙台之胜概，至淋漓尽致，无所遗憾者。其文如下：

汉上琴台之铭　并序

自汉阳北出二里，有丘焉。其广十亩。东对大别山，左界汉水；石堤亘其前，月湖周其外；方志以为伯牙鼓琴，钟期听之，盖在此云。居人筑馆其上，名之曰琴台。通津直道，来止近郊；层轩累榭，迥出尘表。土多平旷，林木翳然；水至清浅，鱼藻交映。可以栖迟，可以眺望，可以泳游。无寻幽陟远之劳，靡登高临深之惧，懿彼一丘，实具二美。桃花绿水，秋月春风，都人冶游，曾无旷日。夫以夔襄之技，温雪之交，一挥五弦，爰擅千古。深山穷谷之中，广厦细毡之上，灵踪所寄，奚事刻舟？胜地写心，谅符元赏。余少好雅琴，粗谙操缦，自奉简书，久忘在御。弭节夏口，假馆汉皋，岘首同感，桑下是恋。于以濯足沧浪，息阴乔木，听渔父之鼓枻，思游女之解佩，亦足高榭尘缘，希风往哲，何必抚弦动曲，乃移我情？铭曰：

宛彼崇丘。于汉之阴。二子来游。爰迄于今。广川人静。孤馆天沉。微风永夜。虚籁生林。泠泠水际。时泛遗音。三叹应节。如彼赏心。朱弦已绝。空桑谁抚。海忆乘舟。岩思避雨。邈矣高台。岿然旧楚。譬操南音。尚怀吾土。白雪罢歌。湘灵停鼓。流水高山。相望终古。

从开首至“曾无旷日”，至今仍是实景，无甚文饰，而冶游之客亦至今不绝。在我游观之日，即亲睹倩装炫服之士女，聚集于此，嬉戏于此。又，“夔襄之技，温雪之交”数句，乃以之道出伯牙果于此鼓琴与否，似不必多加拘泥之理。全铭词“朱弦已绝，空桑谁抚”数句，当是谓能于无声中听取遗音者之意。我爱汪容甫文藻，能为无何有[①]之胜迹益增其价，此所以不惮其烦，征引于此者矣。

十四日，风颇劲。此日有约，往武昌访原田了哲氏。宗方氏等亦以应两湖书院山长梁氏之邀，遂赁舟同行。水

① 无何有，典出《庄子・逍遥游》，意为空无所有。

急浪高，非小舟所能渡航，乃先坐小舟至龙王庙前，再移搭官渡船。官渡船张帆而行，形制亦颇大，然其甫出江心，即为风浪所播弄，犹如枯叶舞于空中，乘客皆紧握船中诸部，才得免颠跌。船行如箭，顷刻间即已抵达对岸。上得岸来，回头顾望，但见恶浪汹涌，黄浊之流，激喷白雪，平日江上行船往来如梭，今日则几乎只影不见。纵然官渡帆船，亦昂低于浪涛间，险不堪言。由此明了，古人之慨叹“天所以限南北”[①]者，实亦良有以也。由武胜门入武昌城，访原田氏花园山之寓，得饷午餐。辞别后，至崇文书局，购书数部。翻逾胭脂山、凤凰山，复至农务学堂访汪凤瀛氏，未值，在此与宗方氏会合。归舟觅得官渡，风浪更猛，舟几为之倾覆者三数次。船夫巧妙利用逆风，未多费时，即已抵达龙王庙前。

是夜，搭乘大阪商船会社之大井丸，自汉口出发，前往南京。月明如昼，而风涛犹未已，船摇晃不止，若行驶于大洋中。此行本欲溯行至宜昌，但终因宜昌至汉口、汉口至上海及上海至长崎，航班接续太过局促，无奈之下，遂作罢议。此地名物张之洞，其事业及其人品，亦应有所论列才是，此当另行叙及。

---

① 魏文帝曹丕语，见《资治通鉴》卷七十。

附记：

有关张之洞之事，可参照《其十二　最后之笔谈　时务金石　归途惊闻》。

其十一　赤壁　金陵之游　镇江

过黄州，预计当为夜半。赤壁今为鸡窠湖与湖外之洲所隔，距江面已有数华里之遥，事见《长江图说》。然终因苏东坡赤壁之游，陡发思古之幽情，遂走上甲板。但见月色清莹，霜气满天，北岸之黄州，树色朦胧，灯火点缀其间；南岸之武昌西山，水霭中亦能隐约辨认。赤壁早已留在上游，连其方位都已无从得知。是夜，为华历十月十二日，比之坡公当年第二次游赤壁，略早四日。

《读史方舆纪要》曰：江汉之间，称赤壁者，凡五处——汉阳、汉川、黄州、嘉鱼、江夏云。江夏、汉川之赤壁，皆与周郎、苏子无关，姑且不算。周郎败曹孟德处，异说颇为纷繁，孰是孰非，殊难论定。《读史方舆纪要》乃此类著述中最有影响者，其援引《图经》，以为周郎之赤壁即在嘉鱼县西七十里处。《大清一统志》虽亦持嘉鱼县说，然以为在其西南，此乃沿袭《元和志》之误，当在县之东北，与江夏县接界处。按，《水经注》：“江水左迳百人山南，右迳赤壁山北。昔周瑜与黄盖诈魏武大军处也。”即以嘉鱼县之东北为正确。于此二者，以《一统志》所记为近于真实矣。然《长江图说》又别出一说，以从前认定有误之东坡游赤壁，即为周郎之赤壁，断言东坡不误，反以《水经注》为有误。今裁断此案，亦非朝夕之谈即可解决者，故在此不遑顾及。

十五日，晨起，复至武穴镇。天虽放晴，然北风强劲，几欲裂人皮肤，甲板不可久居。过九江。过湖口。庐山山容，比之前日，更觉其奇伟，惜无缘谛观。昨日武昌之游，因渡船中甚寒，以致船过小孤、马当时，便稍觉身体失和，服随身所携之药，暂回舱室躺下。晚五时，过安庆府时，一觉醒来，由船窗放眼望去，但见大塔屹立江岸，城墙内外，市屋充填，其后方，冈峦相属，映于夕晖，呈紫色。是夜，虽月色明朗，然无意起身出舱赏月，空白拥被而卧。

翌日，十六日清早，过芜湖。四合山，东、西梁山，俨然相识之故旧，前来相迎相送，比之前日，更增人几分眷恋。由此下行，即太平府，此番船由泰兴洲之东航道航行，经过采石矶前，然事不凑巧，我在舱内读书，及出甲板观览时，已遥遥落在船舻后方，惟有推测峭壁扼江处，莫非即是其所在耶？于是，也便有幸省去燃犀角以烛照水中怪物之麻烦矣。继续下行，但见烈山洲耸立于江中。相传晋时桓冲率军自建康出发时，谢安将之送至溧洲，即此烈山洲也。随船渐近金陵，但觉山川渐渐变得雄壮。小三山、犊儿矶、三山，诸名胜渐次前来，映入眸中。北岸之乌江镇、项王庙，距岸稍远。此段大江，宽约一海里至二海里不等，故难以指点眺望。乍见南岸，连峰与城墙参差隐现，钟山巍峨，镇守其后。无须探询，即知其为金陵矣。即下船，由下关登岸。农商务省之留学生平冈、杉朝二氏，骑驴前来迎接，不胜欣喜。

由下关入仪凤门。脚下行走之马路，乃甲午乙未之役，张之洞替刘坤一留守金陵之际所修筑，约有我二日里。一路行去，抵邻近总督衙门之科巷东本愿寺学堂，暂投宿于此。该马路平坦如砥，细柳夹道，树间距仅二三尺，枝杈皆由离地面三尺处之树干生出。岁时已属孟冬，枝叶不免萧疏。若在初春，卉木萌生之际，嫩绿如烟，行人骑乘马上，想必何其得意奢侈乃尔。巡路夫日日修理扫除不怠，但凭此点，似与上海等不相上下。比之我帝都，似也胜过一筹。南京失京城之实，已四百余年，加之近岁经发贼之大乱，城内荒芜不堪，马路两侧，人家稀疏不相连续，田畴竹树，犬牙交错，俨然行走于村落间。至本愿寺，一路上，惟见鼓楼壮伟，当街高耸，觉其尚不失为往时京城残留之遗痕。其附近，寂然而立之北极阁下，则有西欧传教士住宅，尤为醒目。据闻，城内之为街市状者，仅占全城面积四分之一，合城内城外民屋，亦不过充填城内三分之一而已。如此，方圆九十六华里，规模甚至超逾北京之大都城，现今人口则不逾十五六万，其荒凉，自不难想见矣。

本愿寺学堂有邦人教师三人。学生十五六人，皆热心向学。农商务省二留学生，三井物产会社二留学生，亦一并寄宿于此。侨居南京之全体邦人，皆聚居于此一堂中。待我遽赋归去来辞，恰值东亚同文会之佐佐木四方志氏携其夫人赴南京，竟成一你来我往之巧合，由此可知，今寄居此堂之人数，比例已有所变化矣。

是日午后，农商务、三井之留学生陪我观览南京最繁盛之街市三山街，距科巷约有半日里之遥。逛一二家古董店后，即归学堂。翌日，十七日晨，由杉山、平冈二君做向导，谒明孝陵。行经路线为：渡照心桥，由西华门径走内城，内城乃明故宫之所在，今则为驻防八旗居所，发贼乱后，极其荒废，颓垣不修，御沟空流。入西安门，右边为午门，大半堵塞，里边仅存五龙桥。故宫旧址上惟有一座方孝孺祠庙，由左宗棠移建于此。入祠内，拜孝孺、铁铉等靖难之役忠义诸木主，观孝孺之血石。出祠庙。出东安门。故宫旧址之北，内城外城之间，可望见覆舟山。由朝阳门出至城外，但见钟山巍峨，迎面而立。山麓原高草枯，古坟散落于陵谷间。无一树遮挡视线，孝陵之残阁、丹壁，遥遥可辨。傍城墙北行，由燕雀湖畔，驱驴径行于原野间，胯下骑驴未加鞭策，便自行驰骋起来，似欣喜于野色之旷豁。此处有吴国孙权陵墓，虽见载与地志，但却不见有可以辨认之坟茔。金陵之城墙，高五丈至七丈不等，无有若北京之扶壁，仿佛工匠用抹子粉抹而成，砖墙长满苔藓，呈黝黑色，与燕雀湖相接之一带，湖光相映，愈加秀丽。孝陵已不见其门枢，享殿亦仅存基址，所可想见者，乃其规模之大于永乐陵也。陵前明楼与永乐陵同，有甬道，其下层之高，殆倍于永乐陵，其宽，当三倍之。上层之屋宇已颓圮，徒剩四壁，坠瓦狼藉。陵前之乾隆御制石碑亦已大半残缺。乱后光景，备极凄惨。归途由正路，与十三陵同制之石人石兽，并列于半日里间。其大超逾十三陵，然其制似较粗糙。其前有一碑亭，亭中安置明太祖功德碑。此处钟山连峰，延伸向东，山下一带高原，间有兵营；山南平畴千里，树色水光，城郭村落，时断时续；方山、牛头山、青螺山，遥遥然，浮现于平野之尽头：真不愧“六朝帝王州”，不免令人兴发苍茫万古之思绪。登朝阳门城楼，更纵览形胜。归抵学堂，已时过亭午。午后一柳氏作陪，由三山街过镇淮桥，即架设于秦淮河上者，出聚宝门，即城之南门，其城墙上之层楼，虽似不及北京正阳门之严整，然城墙规模之闳壮则远过之。出门，即长干桥，由桥向南，所通达之大街，称长干里。报恩寺琉璃塔，其壮丽堪称江南无匹，然今已不存。至长干里尽头，即进入山路。雨花台乃古昔法光说法、天花乱坠之旧址，然仅剩其名，近时则已成曾国筌守垒四十余日，以筹谋金陵之所在矣。山顶存有兵营。牛首山、方山等金陵以南诸山，由此可以望见。金陵之内外城，烟树参差，即便孝陵明楼之遗构，亦清晰可指。雨花台下之江南制造局，虽不及汉阳之壮观，然厂屋栉比，隐现于煤烟间。兵营一侧，则有方正学之墓。

由此下雨花台，横穿长干里，至刘园。不知此刘所指何人。穿园而过，亭榭泉石，颇有情趣。园后门立一石，上勒“刘公墩”三字，记为明朝青田刘伯温遗宅。经五百年岁月，余泽至今未绝，得与南京城共存者，诚可谓值得庆幸矣。傍城濠西行，虽不失为江南佳丽地，然都城劫后寂寥，逾二十年犹未恢复，加以孟冬景色，备极萧索，与寻访北京西郊之天宁白云寺观时情形相似，故不无“却望并州”之感。渡城西南角之赛虹桥，一路迤北，至西水关。秦淮河与城濠汇合，风平浪静，舟船往来，犹存往时繁华之遗痕。稍前行，折而向西，至莫愁湖。

莫愁湖南岸为华严庵。胜棋楼与之相联而建。此楼乃金陵夺还后，曾文正公热心于保存胜地，恢复莫愁湖旧时风景时所建。楼内存有文正公遗像。庵里则有石刻之卢莫愁像。“英雄儿女两千秋”，虽是句熟套话，然至此依然活色生香，遂使行客油然而动诗思矣。楼上可揽取湖之全景。湖方圆不过数町，当小于吾邦上野之不忍池。环湖植以柳树，眼下摧残之色，正不堪北风，令人徒增哀怜而已。想春光骀荡时节，满目嫩绿如烟之美景，心中思慕不已。此处城墙稍见曲折，越过城墙，清凉寺、翠微亭等可由丘陵落木间一一辨认。一柳氏为我指点，并告诉我，古时之石头城，即在这一带。

离开莫愁湖，走石城桥过秦淮，由汉西门进入城中。傍城墙内侧前行，至清凉寺。寺颇荒颓。径上翠微亭。亭四周虽为风景名胜，然已作兵营，兵士则半以农桑为活计。入营门，竟无哨兵把守盘问。亭中藁秸满积，已无可供憩息之余地。城西野色江流，伸手即可摘撷。太白诗云“三山半落青天外”，惟眼前此景，望之与往昔无甚变化。白鹭洲何在？ 凤凰台遗址今且无存，更遑论吴宫之花草及晋代之衣冠矣。此处乃南唐李后主避暑地，故山阜虽浅，今犹树木苍古，幽径曲折，不失为令人向往之居所。登孙权斜月楼之遗构，再次饱览形胜。下楼，就归途。一路甚荒芜，浑然不觉是在城中。古坟垄亩，相杂于陵谷间，穿行而过。见袁简斋小仓山房遗址，已沦为民居。归至学堂，已是暝色渐合之时。

翌日，十八日，由三井进修生内田、高木二氏及农商务省留学生平冈、杉山二氏陪伴，先登鸡笼山。闻此处有胭脂井故址，乃陈后主之张、孔二嫔投井自尽处，然探寻未果。山上有鸡鸣寺。视线越过城墙，即可望见玄武湖。湖远大于莫愁，中有莲萼洲、新洲等三四洲，败荷残柳，参差高低，亭榭掩映，令人不胜思念六朝之往昔。出鸡鸣寺，登北极阁。阁乃明代钦天台故址所存遗构之一，康熙帝御书“旷观”二字之石碑，断裂于发贼之乱，平乱后修整复合，立于阁内。此处乃南朝时台城所在地，凭据爽垲，可骋目眺望城中。“旷观”二字，诚可谓名实相符。建阁之丘陵下，照例是外国传教士之屋宅，西洋风味之小楼阁，鲜明如画，十分醒目。由传教士屋宅前至钟楼。楼为明代遗制，其建筑之宏大壮观，当胜过北京之钟楼，至清朝，在其楼上建一大碑，以记述康熙帝南巡之盛典。帝驻跸金陵仅两日耳，所谓民物盛否，比之北方云云，虽太过流于形式，然清代号称国运极盛之康熙朝，犹不免粉饰太平，于此亦可略窥其一斑矣。

由钟楼循原路归，更折而向东，过总督府门前，抵毗卢寺。现为南京第一大寺。佛殿楼阁，以回廊接续，重楼叠宇，记不胜记。住持海峰和尚，眉睫间虽有俗气，然款接我等一行甚殷勤，未及请求，即主动出示一尊万体佛及龙藏等，至庖厨诸隅，亦周到带领参观。

归学堂，午餐。午后复由一柳氏做向导，游观傍近秦淮河之文庙。所谓桃叶渡，即此河一曲折处之地名。今虽仍系画舫，然岸上青楼，总觉寂寥，不似苏州、上海之繁华。文庙近旁，有若苏州之玄妙观，杂耍小屋众多，热闹之极，与吾邦之浅草公园差相仿佛。归途浏览书肆、墨帖店等。于金陵刻经处拜访名声高远之杨仁山氏，寒暄一二语后，即已谈及佛教，交谈正入佳境之际，有其他客人来访，遂于此处购书数种，告辞离去。日头犹高，归学堂。

十九日，欲观燕子矶之胜，仍由农商务、三井之四君导路前往。由北极阁下北折，傍城墙前行良久，一路崎岖，马行最为艰难。由得胜门出，径行幕府山下，过二三村落，出观音门。观音门位于南京外廓最北端，据爽垲而设门，门外径直一条峻峭坡道，突如其来般濒临大江支流，眼界为之遽然大开。有一小市，即观音港口，喧闹殊甚。临江一小丘，即所谓燕子矶。康熙帝在此勒石建碑，御书地名之三字。矶与大江主流之间，隔着一道七里洲，虽壮观之势稍嫌不足，然若从陆上观之，出观音门，忽于平衍景致相接处，即可登临远眺；若就水上观之，则岩山十二洞之奇胜至此而尽，而压尾之危矶，则一直延伸至江上，此其所以为名胜之所在。王阮亭①有诗云：

岷涛万里望中收，振策危矶最上头；
吴楚青苍分极浦，江山平远入新秋。
永嘉南渡人皆尽，建业西风水自流；
洒洒重悲天堑险，浴凫飞鹭满汀洲。

颇得其实景。然《金陵志》所谓“翻江石劈，势欲飞动”云云，当是由江中眺望燕子矶时所见之景，人在矶上反难领略，是为恨事耳。

下矶，沿江流而上。频频顾视燕子矶半面之岩石磊砢，渐行渐远。左边为岩山十二洞一带之山峦，右边为江之支流。芦荻丛生，花飞搅天，漫漫如雪，点鞍扑袖，煞是有趣。只是路多泥泞，往往岩、水相迫，只得取道危径而进。岩山十二洞为石灰质山，因多年风雨腐蚀，形成自然洞窟，虽颇险怪，却少苍润之趣。第三洞最大，嵌于祠庙与山岩之间，甚奇。下马试访。洞中有庙，想必会有道

① 王士祯(1634—1711)，原名王士禛，字子真，一字贻上；号阮亭，又号渔洋山人，世称王渔洋。清顺治十四年(1657 年)进士，康熙四十三年(1704 年)官至刑部尚书，颇有政声。清初杰出诗人、文学家，继钱谦益之后主盟诗坛，与朱彝尊并称“南朱北王”。诗论创“神韵”说，于后世影响深远。诗擅长各体，尤工七绝。好为笔记，著有《池北偶谈》、《古夫于亭杂录》、《香祖笔记》等。

士守持，然未见有道士模样之人。守庙之老叟，状貌俨若乞丐。由此缘梯上岩罅，曲折数十级，忽暗忽明，登上嵌于岩间之庙，又缘梯抵最高处之庙。其迫仄与危险，均臻极致，此地亦由以成一方灵验地矣。其余诸洞，往往隐现于祠庙竹树间，点缀景致。至下关，凡二日里余，一路尽情饱览。

至下关，日已阑珊。入一食店，命其煮面，味臭，难以下箸，不得已，忍饥继续上路，驱马疾驰，归抵本愿寺学堂时，天色已晚。因得知加藤高明氏翌日清晨抵达此地，一柳氏等夤夜赶往下关前去迎候。是夜，我亦以一夜闲话作为惜别。翌日，即廿日午前，辞别金陵。乘马车至下关，在此与一柳氏等道别。等候天龙川丸轮，搭乘，前往上海。

金陵下游，南岸群山，远近沓叠，扼江诸山，处处设置炮堤。见有今方施工之工地，想来是与法国就租界谈判之结果吧。南京亦有为坚固警戒而操练不绝之迹象。船近镇江已是午后四时光景。北岸瓜州镇，望之帆樯如林。稍进，金山寺浮图之四檐角，平稳舒展，殊为罕见，形制虽与吾邦之塔无甚区别，然层叠伽蓝耸立于丛树间，浮于江水之上，望之俨若海中蓬莱，实乃登峰造极之奇观也。停泊镇江一时许。北固山与金山东西相对，成守护镇江之势。山上楼阁，当即所谓多景楼[①]者，缠绕突兀之山，遂成一种景致。京岘山在稍远处，依山蜿蜒之城墙彼处可见其巅。镇江以东，险隘相接，约一日里处，焦山兀立江中，绝顶筑有一塔，与南岸之象山隔水相对，为扼守大江咽喉之地。其绝胜处，亦即绝险处。由此将大江分为二大支。船由其南支下行。南岸连山，渐为暮烟所裹。船过蒋山、圌山诸古时攻守关隘旧址时，星光稀疏，连山影都已无从确切辨认。山麓之炮台，借助火光仅能依稀辨认。

夜中过江阴县，此亦借火影所觉察者。翌日，廿一日晨，船已在崇明岛附近。渺然茫然，与江海难以分辨。未几，由吴淞炮台下绕行而过。时逾正午，抵上海。

---

① 位于镇江东北北固山后峰甘露寺内，宋郡守陈天麟在唐临江亭旧址所建，楼名取自唐李德裕“多景悬窗牖”句。宋米芾称之为“天下江山第一楼”。

其十二　最后之笔谈　时务　金石　归途惊闻

汉口归来，滞留上海仅四日。其间，与罗叔韫振玉讨论金石，与张菊生元济、刘氏学询谈论时务，乃成此行最后之佳兴。张氏乃戊戌政变以前，与康南海等同为湘抚陈宝箴等所保荐之五人才之一。时年三十三岁，浙江秀水县（即嘉兴府治）人氏，白皙美好之大丈夫也。在北京时，尝创办通艺学堂，引导后进。颇通英文，盖亦江浙间之才俊矣。与其所谈如下：

张　先生此行，由苏杭至武昌，共勾留几旬？途中起居，安好否？

我　弟苏杭之游，勾留二礼拜。武昌、金陵之游，勾留二旬。观南中民物蕃盛，与京畿夐然不侔，窃以为将来甚有希望。如此江山，乃使他人放言为彼之势力范围，我以为乃贵国士大夫之耻，不知先生以为如何？

张　国事至此，夫复何言?! 先生曾上北方之长安乎?

何匆匆言归,而不作北地之游耶?

我 若为秦、蜀之游,当须半岁。今时迫近岁杪,归心方急,只得将之留待他日矣。意想关中民物,已不复昔日之盛,其地力、人才,亦无能如江南者。近日如康南海,乃倡一度迁都关中之说,甚为弟所不解,不知高见如何?

张 关中王气已尽,迁都之议,中朝士夫,亦有言之者,则不过为暂避外人锋锐之计耳。康南海近时亦作斯言,且不说此事之无法实行,即欲行之,京都百万旗民,安土重迁,亦必出而阻挠,而将来宗社之重地,必终至落入俄人之手矣。

我 忸古难移,乃贵邦在朝之大弊。迁都之议,暂且不论。以弟之见,以东南十省之力,养其余诸省及塞外荒远之地,贵国财政之捉襟见肘,意想此亦为一大原因也。若以东南之殷富,为自卫之计,财足兵精,数年可成。此形势之谈。若夫人才养成之说,固然有较此更为急迫者在焉。

张 南方各省,为自卫之计,此自大有可为。然如今人才,孰能成此大业?其有权者,非特不敢为,且不敢知。知之而敢为者,又一无凭借。草泽奸雄,虽无处蔑有,然皆犷悍无识之流,又安能支撑此东南半壁?且南方民物富庶,财力似尚有余,而民智遏塞,与北方无异,以此自卫,恐亦难也。先生游苏杭、溯长江而达武昌,内地民风，亦略见一二，岂能足以自立哉？悲夫！

我 贵邦地广民庶，弟窃观其士人，亦自有大国规度，惟忸古之弊，遽难改易耳。泰西新政，即今日行之，恐未享其利，而其弊亦已随之而至矣。陶铸士风，致清廉勤敏能如泰西人者，此绝非朝夕之谈所可解决之事。闻先生方从事于培育精英，人才养成当以学校为先，士风陶铸，尤当以生员在校舍之日力行之。南洋公学生员规制，未知能得闻其一斑否？

张 高论极佩。弊国前四十余年，即已有变法之说，所效法于西人者，其事亦复不少，然成效茫然。且今之所谓洋务人才，亦仅知其皮毛而不能得其神髓，则不揣其本而仅得其末矣，此所以不能以人才培养为先也。我从事于南洋公学，专理译书事务，至生徒、学术，别有何梅生君嗣焜为之督导。学期大约八年。普通政治学略备，现仅有二年程度，规模尚未确定。我当取其章程一份寄呈，可请先生指教。

我 洋务人才多轻佻儇薄，敝邦十年前亦复如是。专敏于语言，读书而不能会绎其意。意想数年之后，贵邦亦将有潜思发明之人出。如严又陵《天演论》，盖为其先声矣。贵邦人士，义理精透，未知能多得喜读此类书籍者否？

张 《天演论》一书，自是弊国数十年译书中最善之书，喜读者亦不乏其人。然号为求新者流，亦有以为荒诞者，则由于智识未启使然也。先生在武汉时，曾见何人？

我　两度前往农务局拜访汪君凤瀛，均未遇，其余则无所见。若张尚书，久欲一谒，然闻其礼数繁重，遂未求见也。弟在武昌，窃察张尚书之事业，其事固伟，然皆“其人亡则其政息”之类，无一能使后人继而成之者。此虽限于其时势，而张尚书之为人，或许亦过于好大喜功，虽为创业之才，终非守成之器也。

张　其人好名，而又不受善言，宜其事业无所成就矣。先生言人亡政息，当为不刊之论。亦曾读其《劝学篇》乎？

我　《劝学篇》文字老成，然其议论，则于泰西事情，有一知半解、贻笑于识者处。何君启《书后》虽攻之过于刻薄，然其切当处，则有张尚书难以置辩者矣。且何君泰西学术深邃精博，盖非张尚书之流所可比拟也。闻何君尚有《康说书后》、《新政安行》等著述，未知已印行否？

张　《康说书后》等书，前也闻有此名，然上海无能觅购，当求之香港。坊间有《翼教丛编》，未知先生曾见之否？康南海，先生以为其人如何？

我　康南海曾于东京见之。其人才力有余而识量不足，少有沉着持重之态，志欲共济一世，而必以学义异同，喜自我标榜及与人辩驳，故而其事易鲁莽灭裂。大凡成就事功之人，必以在学义上执持偏见为大忌，此其自限势力，最不相宜之做法也。鄙见如此。（张曰：甚佩此论。）

《翼教丛编》，大抵以学义辩驳为主。守旧之人，不知南海之志者，亦自然一至于此，即或知其志者，亦以此为便而攻讦伊耳。

张 康之为人，欲以所学范围众人，转而授人以瑕隙，致生意外之衅，此正先生所言。且彼去年八月初六后，犹复偷生于人世，殊不可解。不知彼之事业，至彼时已尽，自此以后，皆为蛇足而已。梁启超近日在贵国，设立《清议报》，哓哓自辩，其事关系至大，断非局中人所能置议者，且不知以何断其是非，徒使外人见其意躁识疏，此亦当为新党所愧憾者也。

我 梁亦见过一面。梁在上海时，所论著有恃才自炫之风。东渡后，颇自抑损。然在敝邦，习见其人士近日躁急之风，仿而效之，且其太过自我辩疏，其攻讦西太后，动辄语涉猥琐。（张此处附言：此非士大夫所宜言者。）适见其为人之低鄙，故为弟所不取。敝邦维新，已逾三十年，士人亦渐惯久安，弊病百出，故游敝邦者，若非择其人而交往之，则将独受其弊而不得分享其利也。

张 尊论佩服之极。有一名王照者，不知先生曾见之否？

我 曾得一见。盖木讷倔强之人，才气甚短而禀性率直，非能担当大事之人。此等人同陷祸难，实康南海等招摇太甚所致。

张 王君现寓何处？闻已与梁氏析居。

我 前两月，寓日本报馆员桂湖村处，未审近状如何。王君望乡之心甚切，与东渡诸友多有违隙，殆欲发狂云。其情至可悯也。

张 其人夙昔即有此病。闻此数人，前尝得以托庇于大隈伯①，未知今复如何？

我 大隈伯幕僚诸人，至今仍庇之。

张 畅谈大教，欣佩无已。先生明日即启程，未获畅叙，是为恨事。谨口占一绝，以为先生送行：

海上相逢一叶槎， 愤谈时事泪交加；

愿君椽笔张公论， 半壁东南亦辅车。

与罗叔韫之交谈，多为披览金石拓本，此一句，彼一句，相互应酬，语多零碎，故难以记述。罗以其所著《面城精舍杂文》甲乙篇、《读碑小笺》、《存拙斋札》及《眼学偶

① 即大隈重信。大隈重信于幕府末期为激进尊王攘夷派之自由党。1898 年曾与板垣退助联袂组阁，史称隈板内阁。1914 年再度组阁，并于第一次世界大战期间，对华提出“二十一条”要求。

得》数种相赠，我则以《近世文学史论》报之。另赠彼携来之钤延历敕定印右军草书，法隆寺金堂释迦佛及药师佛光焰背铭，二天造像记、药师寺塔檫铭、佛足石赞碑、神护寺钟铭诸拓本，风信状、小野道风国字帖等，罗则报以秦瓦量、汉戴母墓画像、汉周公辅成王画像、北齐张氏白玉像、唐张希古墓志与高延福墓志、南汉马氏买地券、晋永康砖及无年号砖、宋元嘉甄等拓本。盖此等诸本，虽文字非尽精善，然皆藏弆于人家，非市肆间所能购求者云。其评药师寺塔檫铭，谓：此极似六朝人书法，文也极为尔雅。因我语及右军草书，世间有褚遂良临摹本之说，罗谓：登善所摹写，此说殆不诬矣。又评日下部鸣鹤翁之字，谓：无北人毡裘之气，甚佳。评我受人之托携来之多田亲爱翁之字，谓：似钟绍京。罗问我喜好何种字样？我答以近人啧啧皆称六朝，然其佳者，殆可望而不可即，若刻划太过，反失古法；独唐人书法，敝邦尚多真迹可寻，书家亦有传其笔法者，此尚可学也。宋人多不循古法，故多不足为据，而元人往往有佳者。罗谓：元代皆吴兴一派，虞揭诸君文字自佳耳。我问以谁为现今书法名家？罗答曰：现在不甚多，江标、张謇、陶浚宣、高邕、杨守敬、梁鼎芬，皆近人中之彰显者。我问：翁同龢如何？答曰：固是老宿，然书多偃侧，故不为世人所重。我询以京中人频频称说徐郙，然不见其有殊胜处。罗答以此乃馆阁书，故翰林中人称扬之耳。其余所谈尚多，今皆无从记忆矣。

附记一笔：右军草书拓本，在天津时亦曾赠严又陵，严谓似米南宫摹本。其后文芸阁亦以其笔锋新颖，作同样判断。盖米氏去古未远，其笔力亦非王著等所能伦比，与我邦延历敕定本相类，以其不失右军之遗意，兼而足证米字出诸褚登善之说，洵为可信也。

闻据称携密旨出使吾邦之刘学询，由北京归来，正在上海，遂偕东亚同文会之井上雅二氏访之。刘之家产，据中国人言，约为七百万两，并称其资产悉数存入外国银行，一文不投中国事业。其邸宅位于有大马路出入之郊外闲静之地，西洋式高厦，正在修缮。所谈者，我等因未留稿，已大多归于遗忘。其使命趣旨，乃希望经济上达成日清两国之联合，此事系经西太后允准所发起者，故虽劾奏者前后群起而攻之，所幸两宫明察，得以免受其祸云。又谓驻日李星使为其周旋于日本外务省，待其归后，即向朝廷参奏弹劾，是其碍难理解者。彼谓其首要目的为开设日清银行，并进而涉及矿山、铁路诸事业。其使命之终告失败，自不待言，只须看其希望之事业一无结果，便可明白固无成效矣。我因略有疑问，遂询之以中国通商银行究系何种性质，岂盛宣怀氏之私有物乎？ 刘谓：此本如其名，乃为中国通商所设，创立之际，我等也曾专心尽力，被委以督办之职，然其后终被算作盛氏银行，与当初目的大相径庭，故我已辞去其职，今已与之无有关系矣。言语中，颇带不满于盛氏之意。想来当可推知，彼此次之使命，亦有针对盛氏，在吾邦预作布置之意。我又询及庆王与荣中堂不相善之传闻，未知虚实如何？ 彼答曰：庆王就此次使命等虽亦颇尽力，并瞻望于文明之输入，然其势孤立，行动难以如愿实施。如此，则刘氏虽未明言庆王与荣禄不善，然其事实必当有之。可知荣禄引盛宣怀、袁世凯等参与其议之风闻，并非全为讹传。刘极推赏李鸿章为人，谓张之洞顾虑名声，优柔寡断，李则无有此弊。并谓外间传闻李力主与俄结交之议，纯系讹传，东洋百年大计，方是李所深忧者，似暗中辩疏李并无敌视日本之意。此时正值刘受命派往张之洞处委用之际，故我又询以果赴武昌乎？ 答曰：当于来月前往。然其后终未赴武昌，并乘李鸿章被任命署理两广总督之际，随行前往广东。其中缘由，则与在此所谈者若合符节。与刘氏之笔谈，前后约为一个半小时，虽多有含糊其辞、未及明言处，然据其语气，清廷内外之情况，有关其所负使命之廷议及刘之意愿，得以粗寻径路，于我极为有利。刘相貌锐敏严谨，无丝毫骄矜之处，稍显卑微，则可谓与其出身地位相对应。惟其使命不见成效，亦未另获惩罚，所谓密旨中确不存在攻守同盟之重大嫌疑，又其失败，乃同行之庆宽、姚文藻等互起冲突所致，因之亦未见有甚大过失之故也。然而，刘氏意欲凭借日本之信任，在财界长袖善舞之夙愿终归水泡，徒为因缘关节，空费数十万金，亦诚为遗憾之事。与汪穰乡康年亦会面两三次，竟无暇谈论时务，至为遗憾。

二十五日，搭乘邮船会社西京丸，就归路。二十六日，竟日北风极劲，我之船舱在甲板之上，正对北风，激浪屡屡扑窗，船上侍者过此，皆穿长靴往来。我不堪船况，遂打卧床上，以读书勉忘其苦。二十七日清早，船抵长崎。二十八日抵门司，于此购得《大阪朝日新闻》，上载老友长泽别天[①]二十二日逝世，及吉村瞻南吊唁文。别天今春患罹肺病，其后未见好转，此行出发前，往《东京朝日新闻》访之时，曾以稍显欣快之色谓我：此一二日当去松岛、中尊寺一游，不得为君送行矣。我犹担忧其体候，从神户写信，反复劝慰其勿为俗冗挂心，当以专事保摄为宜，然心下依然不踏实。在上海，亦与田冈、藤田与小田切领事等言及，既已有过从台湾归去为吕泣送丧之不祥前例，总觉得放心不下。又孰料，就在与小田切领事交谈之时，别天竟已不在此世矣。别天在冈山时，尝为我所著《诸葛武侯》一书作序云：

---

① 长泽别天(1868—1899)，名说，别号半眼子、别天楼等。明治二十四年与内藤湖南、畑山吕泣等一同加入当时颇具影响力的文学结社政教社，参与过杂志《日本人》及《亚细亚》的编辑工作。著有弥尔顿评传《盲诗人》等。

> 四月某日，友人内藤湖南将入台湾，并因而游历中国。其从东京出发，来浪华，余急行东上，相逢于城外客舍，举大杯麦酒，痛饮快谈，目旷一世者二昼夜。月之十五日，湖南去往云烟缥缈之际。余西归再隐于朝日河畔之临江楼。二人于楠公祠前分手时，湖南嘱余曰：《诸葛武侯》即将上梓，《文学史论》已由吕泣为之序，《武侯》则子必不可不序之。（中略）
>
> 湖南今在南方蛮荒之土，主持《台湾日报》，而或横渡黄河，或入边塞苦寒之地，或登昆仑，或洒泪定军山下，或听歌扬子江头，盖当为时已不远矣。若夫归来，激以远游感愤之情，着笔于东方大陆之事，岂非必当写出留传千秋之大作之日乎？

其后，我自台湾归，在京岁余，始作此次之远游。虽足迹所及，不过六七省之一隅，不足以副吕泣、别天之所期望。夜半画灰，欲与知交纵谈形势者，亦岂为少也欤？不能起吕泣于九泉，而犹念别天，今又于途中闻其死讯，情何以堪！ 心忽忽不乐，飧食无味，虽执卷而无心展读。濑户内海一路风光，妩媚非不如旧日，然对之惟徒增寂寞之感。二十九日，船抵神户。未宿，径发，归京即奔别天之丧。面对其老萱堂，新寡妻，及嬉戏笑闹、不解忧为何物之幼儿，不禁垂下双泪。《禹域鸿爪记》至此搁笔。

鸿爪记余

中国人与狗

天津紫竹林外国人租界设有公园，一周间有两晚演奏音乐。四近景物萧索，惟此处绿树蓊郁，格外令人心旷神怡。无从进入这家公园者，为两类，一为中国人，一为狗。神情装束均威风凛凛之中国人巡查，守护园门，不时将其同胞遮拦于公园之外。上海之公园，每晚演奏音乐，乐手多为葡萄牙人，然看去极似我邦人，很容易混淆。其中国人不得入内，则与天津相同。不过，为外国人照看小孩之中国妇人，则借婴儿之威光，得以入园。上海之中国人，为满足其奢华傲慢之情，遂在外国人公园附近别设公园，作成之格局，殆亦不劣于外国人公园，以作为其游步之地。

盐　　丘

白河之岸，小山罗列，如沙丘。初以为仅以泥沙堆积而成，询之于人，方知即半掺土沙之食盐耳。为之附以守者，遇有盗者，即开枪击杀之。盐法之严峻，有类于此。

空 中 鸣 銮

北京富家，往往养鸽多至百余羽。天晴之日，清晨，将之放飞空中，以信号指示其所之，鸽乃衔命从之，回旋翱翔。鸽足缚有竹制小笛，随鸽翔舞，笛触空气而鸣，若远若近，浏亮悠扬，声自天半坠下，闻之真有若空中鸣銮。滞留北京之日，每闻此声，则晓眠顿觉。

孔庙看守人

贪婪虽为胜迹守者之常，然未有若北京国子监之孔庙守之甚者。大门本常开，然见有游览外国人身影，辄急急关阖。游览者遂从门扉缝隙示以银圆，求其开之。守者论价，轻易不开，既已开门，至庙前，复更索金。为此，游览者大抵以所携之手杖，击打守者人二三下，强令其开门，已成惯例。游览之际，守者与乞丐浑然难分，扰攘缠人殆难名状。

贡　院

芜秽尤甚者，莫过于北京之贡院矣。据闻，此地乃荟集天下人才，试炼其才学之所在。应考人所可入者，乃区划为一间间四尺见方之杂屋，八九十间彼此毗联，有百余排，总间数当有一万余。室三面砌以粗劣之砖，前面无户障，应试者自携帐幔，张挂于此。在此中三日间，不能离开一步，直至三场考毕。院内荒草长掩人，考官所居之屋室等，守者粪便狼藉，臭气冲鼻。其污秽，实非言语所可形容。

体面之意义

我驻北京公使馆之门卫，竟有官秩五品之老爷，宗室贵种，付以五圆工价，即有教日本人官话者。颜面、体面等意义，与今之中国人已无从谈起。

一大溷圊[①]

北京人家中不设厕所。大街与胡同之角落，胡同墙侧，处处可为粪便放撒场地。故行于北京街上，粪便之臭，空中弥漫。便觉整个北京城，俨然若一大溷圊。据云，今已遭摧残之明代都城，修建当初之旧规，本有规模闳大之下水道设施，比之文明国之都城，亦并不逊色。清朝文明较之前朝究竟如何，以此则不难推知。

① 溷圊，即厕所。

罨　秀

万寿山前牌楼之匾额，上书“罨秀”二字。此二字，不啻形容万寿山之景物，淋漓尽致，亦可谓足以能代表乾隆以后清国趣味之性质者矣。其纤巧及装饰之花哨，古今东西，难觅其比肩者。论建筑，檐角翼然欲飞，色彩粲斓；论文章，四六骈体，登峰造极，虞初体风行于世；论诗，浙西诸家，风靡一代；论书法，馆阁体柔媚，臻于极致：皆无非同一风气熏习使然。

外　国　人

长城旅行途中，遇二外国人。一为瑞士武官，设想由张家口横绝蒙古；至八达岭，一路前后相随。另一则不识其为何国人，邂逅于八达岭。前者寒暄颇亲热，后者向我等一行以目致礼，即擦肩而过。同入异乡，衣着相同，仅此而已，自会生出诸多之亲近感。

南口之盥浴及便器

南口旅店，殊感意外，竟有西式浴室，以半通不通之笔法，题写有 BATH ROOM 字样，并备有西式便器。由此当可察知，游览此一路之外国人似不在少数，从中亦足知英国人影响力之不可小觑。此小市镇，实地当俄国由张家口通北京之陆地贸易孔道，如此看来，俄国欲成就其奄有燕蓟之野心，犹可谓任重而道远矣。

店铺之装饰

家屋装饰备极华美繁缛，乃中国之一特色，其中以北京街市店铺为甚。标记所售物品名称之招牌，比之吾邦药店，尤多雕饰，并悬以龙首，颇似寺院幢幡。轩头栏间，饰以细密繁巧之雕刻。店堂柜台则宛若须弥坛。故而行走北京街市，恍若行走于寺观之间，只是其寺观，更为备极绘绮而已。其趣味情致，与通常人家无异。盖吾邦寺院之装饰，殆移用中国普通装饰之过甚者，与日常居家之质朴则大相径庭，以至给人以此类装饰反为寺院所特有之印象。

家屋之结构

我所游历之都会，家屋结构之厚重高大，当以杭州为最，汉口次之，苏州则与南京相仿，稍显窈窕纤巧。杭州大店铺之门前筑有一道白墙，开一狭窄入口，由此进入店铺，结构与我邦大阪富豪之家制式相仿，只是墙之高厚，更胜我邦一筹。大阪街道直到数年前，仍用瓦片嵌木口铺就，与苏州之街道相同。连栋接宇之店铺，为清楚标出其与邻店之界线，遂砌以半截扇形之墙，此纯为彼国之做派。想来，此亦当为泉州地界之商人，因与外国贸易，受其浸染而养成之风气。

概言之，江南之家屋多用木材，不若北方之多用泥土。其竹椽茅屋之贫穷人家，与吾邦相仿佛。在此不妨披露一独断之史论：南方人种，本与吾邦同，属来自热带之茅屋人种；北方汉族则由穴居进化而来，住土石造家屋。文明开化之播布，由北及南，故南人亦次第住进土石造家屋，以至其木造家屋之制式，亦当日益模拟土石屋建制矣。

南北之字体

北人质朴，近于迟钝，每事忌变移。南人轻锐，多儇薄，每事喜新异。北京、天津之店铺招牌，尽为此馆阁体。康熙、乾隆诸帝，自己即学此体，故亦以之作取士之标式，欧阳询、赵孟頫、董其昌之流是矣。至上海，则多半为秦篆、汉八分、魏晋楷行，即便张贴启事，亦见偏侧奇逸之六朝风字体。此虽琐事，实南北风气夐异之不可遮掩者。

美女产地之沿革

赵女郑姬，春秋战国公认之美女也，邯郸学步，当可想见其时之繁华。文物偏倾江南，则先曰扬州，曰金陵，今则益发偏于东南。姑苏佳丽，天下无匹。上海声伎，其出自他方者，门头名牌概不记其地名，独出身苏州者，则明题“姑苏林黛玉书馆”等字样。其实苏州本地，今日反不如沪上之能留住尤物矣。

附记，《沪游杂记》小册子中，记述日本丑业妇之行状云：

> 日本女子，类皆肤如凝脂，发鬒如漆。幼时双髻垂肩，憨痴可爱，大有“妾发初覆额，折花门前剧”之意。迨其长，则云髻高梳，饰以珊瑚或犀角簪；腰围长带，阔尺许，长至丈余，倒卷而垂其余，若襁负然；唇涂泥金，以为美观。

又记述外国妓馆云：

其人大多历齿蓬头，与药叉变相无异。狮王一吼，见者寒心。独意西巴尼牙国[1]人则不然，姿质明莹，肌肤细腻，纤柔温丽，兼擅其长。其出也，障冰绡，曳雾縠，水边林下，随意游行。十丈软红中，得此名花点缀，恐广寒月殿，当亦无此风光矣。

在此五方杂处、东西群居之地，中国人之美女观，由此可窥其一斑。

---

① 今译西班牙。

沪上之演戏

中国戏子，北京最上，其来上海者，大抵已于北京为明日之黄花矣。《沪游杂记》云：

> 京师梨园弟子，以年长色衰、门前冷落，不得已而束装至津门，徐娘老去，重整笙歌。虽莲出于污泥，至此终不能洁身自好。俗语谓之下天津，彼中之人则深以为耻矣。一俟沪上京戏盛行，而优伶之失业者皆航海南来。前年，若陆小芬、真十三旦辈，大抵马齿既增，蛾眉已改，而沪上人士之厌旧喜新者，犹复誉不绝口。霓裳一曲，掷缠头者纷如雨下。此岂别有动人处乎？何俗子之喜食蛤蜊也欤？

在京之日，无遑看戏。于沪上则看过两三次。其戏台道具之简朴，其动作之巧于仪式节奏，其念白、唱腔及戏子之同台共演，亦可谓与吾邦之能[①]多有相似处，然无吾邦之剑拔弩张，颇曲尽情状，毋宁更类近于吾邦之人形芝居[②]乎？ 其妙者，神韵缥缈，有若诵读叙事诗，不主琐屑写实，而在于能使人感兴。观其演喜剧也，亦滑稽突梯，变化百出，能肖俗情，优伶之技艺，无不于世情世俗之模拟取给便捷矣。舞旋跳跃之轻巧，若三层戏台众戏子一并进出，混战打斗之际，筋斗之矫捷，戏台上但闻其声，但见剪红裁绿，纷披狼藉，却不见其人体。我所观者，乃冠名丹桂茶园之戏院，生角以艺名夏月润者领衔，旦角艺名七盏灯，为一十五六岁之少年，其名最噪。今试录其脚本一出，以作为其标本。

校正京调空城计全本

〔生上引白〕兵出祁山地，要计司马懿。

〔丑白〕手捧地理图，来至丞相府。门上有人么？

〔末白〕什么人？

〔丑白〕下书人叩见丞相。

〔末白〕启禀丞相：下头人，叩见丞相。

① 能，日本传统歌舞剧之一。

② 人形芝居，日本传统偶人剧、木偶戏。

〔生白〕尔奉何人所差?

〔丑白〕奉王将军之差，有画图在此。

〔生白〕将画图打问，待山人观看。哎吓！来将赵老将军吊回来。

〔末白〕是。

〔探白〕报，司马懿夺取街亭。

〔生白〕再探。我把他大胆的马谡，山人临行之时怎么分咐与尔，教尔靠山近水，安营扎寨。尔不听山人将令，我的街亭，(咳) 以是难保。

〔探白〕报，马将军失守街亭。

〔生白〕再探。失守街亭，马谡之事，诸葛亮之罪也。

〔探白〕报，司马懿离城四十里。

〔生白〕再探。哎吓，司马懿，人马来得好快呀。呀，今日一见，话不虚传，则是令人可伏，令人可蔽。吓，司马懿，人马到来，大小军官，虽出意外，难道我，左手被擒，右手被擒，吓是有道理。来！

〔末白〕有。

〔生白〕传老弱残兵。

〔卒白〕司马兵到，心惊肉跳。丞相无为，必定开刀。

〔卒白〕参见丞相。

〔生白〕罢了。尔等，将四门大开，司马懿人马到来，不要害怕。

〔卒白〕是。

〔生白〕违令则斩。

〔卒下生白〕苍天吓，苍天！我保汉室江山，我则空城一计也。

〔生唱抚板〕吾用兵，数十年，从来谨慎。悔不该，用马谡，无用之人。设下了，空城计，我心中不定。呀！〔倒板〕但愿得先帝爷，空中显灵。(咳下)

〔卒上生唱〕小马谡，失街亭，令人可恨。犯将令，他就该，斩首营门。

〔卒白〕咱哥的，丞相老糊涂。丞相将四门大开，等司马大兵到来，一杀而尽。

〔生白〕唔。〔唱〕儿等们，因甚事，把纷纷议论？

〔卒白〕丞相，不是我说的，是他说的。

〔生唱〕国家事，无须尔等的当心。

〔卒白〕丞相，四城乃是，汉中路径。倘若司马大兵到来，一拥而进，西城失守，如何是好？

〔生唱〕那西城，本是那，汉中的路径。

〔卒白〕丞相，不差吓。

〔生唱〕我城内，埋伏下，有十万的神兵。

〔卒白〕咱的哥，然我来看一看，吓！

〔卒白〕一个都不有。

〔生唱〕哪怕他，司马懿，天大的胆。我谅他，大兵到，不敢进城。尔等们，放大的胆，把街道扫来。

〔生白下，生白〕守空城，退司马，就在此瑶琴。

〔净内唱倒板〕得了街亭，望西城，四门大开，为何因？〔白〕且住。方才探子报道，西城乃是，一座空城。何以将四门大开？不要中他的诡计。然我传他一令。众将官，听我一令。〔净唱滚板〕坐在马上，传一令，大小将官，听分明：有人若把西城进，定斩首级不容情。

〔众白〕呵!

〔生唱西皮〕我本是南阳一山人，前三皇，后五帝，比故同行。先帝爷，下南阳，御驾三请。官封我，武乡侯，国位的功臣。孙武子，他则有，雷炮的兴兵；姜吕尚，保周朝，八百余春；小孙膑，摆下了，五雷大阵。音下见，自流水，亮一亮的瑶琴。〔白〕哈哈哈！在城楼，扶瑶琴，缺少知音。

〔净唱西皮坐〕在马上，来观阵。城楼上，坐的是，诸葛的孔明。左右琴童，两个人。那妖道，在城头，扶的要是瑶琴。我本当，将人一拥而进。〔白〕且住。〔唱〕又恐怕，中了他，诡计情。坐在马上，传将令。尊一声，孔明听分明：尔的诡计，就像我。尔我本是一样人。

〔生唱二六板〕站在城楼，观山景。耳听得，人马乱纷纷。旌旗招展，空番影。却原来，司马懿，发乱兵。尔我到此，未曾过阵，别来无恙，驾可安宁？一来，马谡无学问。二来是，将相不和，失守街亭，连得二城，多侥幸。尔不该领带了大小将士，往西城。我这里琴童，人两个，里无埋伏，外无救兵，西城并无别的敬，准备了羔羊、美酒，美酒、羔羊，犒赏尔的众三军。尔就到此把城进。为什么，城外扎扎扎下大营？站在城楼，把话论，等候司马，谈谈心。我也曾，命人把街道扫尽，整备司马，好屯兵。尔休要，胡思乱想，心不定。尔就来来来，请上城楼，听我的扶琴。

〔净唱滚板〕听说妖道，把话论。不由得，司马胆战心惊。〔白〕且住。来，将人马，倒退四十余里。哎呀，且住！我来说破，与他诸葛亮听吓。诸葛亮，尔的胆，也太大了。司马懿吓司马懿，我的胆，也太小了。诸葛亮，尔空城也罢，尔实城也罢，尔的司马老爷，不上尔的当了。少陪了，少陪了。

风景概观

诚如陈润生所言，京津地方，趣近朔漠，吾邦则无有可比照之地。上海、苏州位于平野中，犹有大陆之风，类于吾邦岛根沿海地方而更显宏阔。独杭州地方，山迫海绕，土地逼隘，颇似吾邦。城墙女萝蔓延，翠色欲滴，亦非北方之干燥所可比拟。若西湖，其景致殆与吾邦京畿、中国[①]相类。在中国为明媚秀丽之最者，而比之吾邦，犹不免稍显暗淡。若吾邦濑户内海澄莹秀朗之景致，于中国当殆难求者也。其山皆由断层而成，土瘦石秀，虽西湖以此而得其妩媚，至若吾邦之土壤坟起，呈细波起伏状，以成温粹雅丽之山容，则未之见矣。未溯三峡之险、踏剑阁之危，未经流沙之难、观闽粤之潮，则纵谈中国风景，实无异于夏虫语冬，然就我所涉历者加以臆断，实际也即如此。概言之，中国景物之长，在苍莽宏豁、雄健幽渺，不

① 指京都附近地区，山阳线一带。

在明丽秀媚、细腻委婉。若设譬喻之，有如啖食甘蔗，渐值佳味，不若吾邦之景，有如尝蜜，齿牙皆甘。

雄大，乃金陵之形胜也。盖若京津地方，苍莽容或有之，然其山过于邈远，反觉乏其雄伟。若杭州，明丽或有之，然因其山太近，故尽失雄伟之趣。金陵之地，山既不甚远，亦不甚近，苍翠萦绕，其缺角处，更令人时时生幽远无际之思矣。且如钟山，山不甚大，而富于雄特之姿，远近野色，百里高城，策马于孝陵庙前至朝阳门一带之高原，令人追怀驱驰千军万马、旌旗蔽野之古时英雄。我尝语于本愿寺一柳氏曰：为金陵总督者，若不起谋叛之心，其人想必庸愚。

武昌形胜，控湖广之沃土，亦甚雄伟者矣。然其地雄镇金陵上游，宜于制驭一方，而不足为帝王之州。若黄鹤楼址，登龟山顶者，当知我之所言，乃非“河汉斯言”①也。

---

① 比喻虚夸不实之言论。语出《庄子·逍遥游》：“吾闻言于接舆，大而无当，往而不返，吾惊怖其言，犹河汉而无极也。”

金陵之诗材

登金陵翠微亭，遥望三山，然后可知诗人取材用意之不凡。盖金陵四周，以山峦而足堪吟咏者，不知凡几，然李太白独取三山入句。三山近观虽平冈凡峦，无其他奇特处，然自金陵望去，则当骋其旷远缥缈之想者，实为有此“半落青天外”，若浮于水中之平冈凡峦耳。盖以此“总为浮云能蔽日，长安不见使人愁”之景物，终较“钟山龙盘，石城虎踞”，更为切当不易之故也。

画之南北宗派

言画之南北宗派者，虽知其效仿于禅家，而于其所本，犹归之南北山水之感化者，殆如《芥舟学画编》所云：

> 天地之气，各以方殊，而人亦因之。南方山水蕴藉而萦纡，人生其间，得气之正者，为温润和雅，其伪者，则轻佻浮薄。北方山水奇杰而雄厚，人生其间，得气之正者，为刚健爽直，其偏者则粗厉强横。此自然之理也。于是率其性而发为笔墨，遂亦有南北之殊。

此说看似有理，其实不然也。北方山水，诚时有奇杰雄厚者，然大抵萧索枯瘦，多衰飒气象，绝无缘见其刚健爽直。毋宁说，更逼肖明清文人画摹写之山水，而不似北宗之嵚巇磊落，苍润秀劲。而南方山水，有时亦非无蕴藉萦纡之致，至其苍润秀劲，则宛似宋明北宗之妙品。且以其画家之籍贯言，马远、刘松年、戴文进、周东村、唐伯虎等北宗之大家，岂非皆出自江南者乎？ 盖北宗之盛，至南宋画院诸名手而臻其极，而宜于其时名手所得以摹写者，乃在江浙山水，而绝无见于河北之地者。王摩诘为后世尊为南宗之祖，却生于太原，由此当可断定，画派之南北宗，未必即夤缘于地方风气。《芥舟学画编》似亦知此说之破绽，故为之辩解曰：“或气禀之偶异，南人北禀，北人南禀；或渊源之所得，子得之父，弟得之师。”此明显见出其立论之矛盾者。想来画之南北之辨，只是始于以禅宗南宗一派之顿、渐之旨，划分士夫与画家之画品，然后强求其说，终至附会于南北气禀之异而已。

“不是塔”

苏州有一笑话：尝有北京人，至苏州游，观北寺，指其大塔，问苏州人塔名。苏州人云：“北寺塔。”苏州音北寺塔，类近北京音之“不是塔”，北京人大觉怪异，云：若不是塔，此究系何物？苏州人复以苏州音之北寺塔对之，北京人益不解。南北语音之异，竟有若此者！大抵南音近于吾邦之“吴音”，北音则类似“汉音”，并进而有所变化者。尤其苏州话，尚存带古风之助词，阅其文字，甚多古雅之处，而闻其音声，比之京话之清轻，则甚觉鄙俚。犹若吾邦土佐、九州、奥羽等僻地，虽多存古语，然其音调，则多鄙俚者也。至于广东音，清浊分明，少拗音，侵、覃、盐、咸诸韵之闭口呼，与吾邦语音规则最为相似，而欧人及中国学者，亦力主以广东音为保留古音之最多者，如是，则中国人欲溯《广韵》、《集韵》之古，研究中国古音者，惟有学吾邦读之字音，除此别无他途。诚可谓奇异矣。

招牌之典故

与《禹域鸿爪记》中已曾语及之联句同，堪称中国人知识之特性者，乃典故之应用也。盖中国文明，一言以概之，可谓“古文学风气”，士庶皆然。最常用之门联为“周铜盘铭富贵吉祥，汉瓦当文延年益寿”；商家则多用“越国大夫增贸易，孔门弟子亦生涯”之语；茶店招牌为“卢陆遗风”，酒馆则“刘李停车处”等。中国庶民，文盲居多，不解其意本是意料中事，然终因浮慕虚荣，世界无类，故酒饭等处，自不能不以此古文学风气而文饰之矣。

书法与金石

唐朝制笔之法传于吾邦者，有雀头、鸡距、柳叶诸式，事见笔道家之记载。南都正仓院所遗之圣武帝遗物中，即有雀头笔，据以仿制之一枝，则为多田亲爱翁所藏，余借之携至中国，示于此间通晓书道者，其中严又陵、罗韫叔等，又试以写字，严因不惯用，称运笔颇难，罗仅称黏涩。想来运笔之法，中国亡失已久，拨镫之解、悬腕直笔之法，徒滋纷纷议论，而古法遂不复存矣。以传至吾邦空海之执笔、用笔法验之，复以唐代美术存吾邦者，如雅乐、舞容等所具之一种节奏律之，宋至米元章，其后元、明、清，无一得其正鹄。今之清人不能用雀头笔，实不足以讶异。如此浮慕六朝遗风之徒，亦徒屑屑于碑本之形似，刻画太过，不知从存留吾邦之真迹求其神，亦不知从留传吾邦之入木道（未必仅指加茂家所传者，在我看来，毋宁御家流所相传者，最值得留意）求其法。古法果不复存乎？ 抑求者不得其正鹄耳。笃学之人，须先由吾邦入木道入手，循其法，熟习上自《因果经》以下之诸如宁乐诸经卷，及鱼养、空海、逸势前后，此类与隋唐笔迹别无差异之年代字样，由其所得，再玩味法隆寺释迦药师像背铭以下之南圆铜灯台铭、神护寺钟铭等所有金石文字，如此，则生于真迹与金石间之关联，自可融会贯通。终至，与吾邦金石殆无差别，且年代相同之中国金石文字遗格，亦当无须劳烦，即可得心应手。晋唐逸趣，则庶几可重振于今日矣。

法隆寺释迦佛光焰背铭，乃吾邦金石文之最古者，其温粹醇雅，宛然晋帖，将之置于少王法书间，虽明眼人，亦当难以分辨。宇治桥断碑之清妍隽逸，药寺塔檫铭之萧散澹朴，那须国造碑之端丽秀劲，皆仿佛北碑。多胡郡碑，杨守敬等以为近似瘗鹤铭。至于敏行之神护寺铭，堪称唐人之胜境。弘法大师之书，往往点画波撇，为一种飞翔之体。或以之为大师特意纵笔弄巧，事关其创意。然而，龙门二十品中，若北魏神龟三年之比丘尼慈香慧政等造像记，唐景云二年之景龙观钟铭，或碧落碑等，往往有用笔风致相同者。若魏之李仲璇孔庙碑，处处于正书杂以篆法，盖此等游戏之笔，亦彼土久已有之者。且菅家、小野道风以后，日本书道乃生，此说向来为人所深信不疑，然观存杭州之唐开元二年胡季良所书龙兴寺尊胜陀罗尼经幢，则菅家、道风前后，写经字样殆相类，降至伏见院御父子，亦与米元章等非无神似处，乃知彼邦唐代书格，传之吾邦而无遗。而彼土宋代之后，即已失其正传，益至后世，则古意益失，迨及明清，则荡然扫地矣。

亦别有说者，以为叡山所藏唐台州刺史淳给之字，反类近宋人；若唐天宝年间田颖行书张希古墓志，反似赵雪松等。想来唐代强盛，随书法之发达，其风格亦趋于多样，并各为后代所祖。后世学之者，于其中选择时，或就其偏者、粗者，而遗其正者、精者，惟就其易入者入，故使俗体鄙格益出益多。吾邦则专依二王之法，谨守古格，道风、佐理、行成、法性寺入道、伏见院御父子，虽随代有所变化，然终不敢脱出二王范围，此其所以永不失正格也。虽然，至尊圆亲王稍一变格，至世尊寺氏则不得其继，转而为青莲院流、为持明院氏，亦风气之相感，有不得已也者乎？迨及德川氏，加茂敦直声称其得大师正传，已不详其所凭恃者。其后则狩谷掖斋所谓“广泽出，则世人恶笔；东江出，则世人兀笔”者，盖亦沾染中国元明以来之恶习矣。以贯名海屋出，世人颇知正鹄，而古法终未全得恢复，而又为六朝刻画所误。书虽小道，寻绎其盛衰故实，犹不能不发千古之感慨也。

中国人之笃学

言及中国人之笃学，有邦人所难以企及处。若流寓上海之宋伯鲁，以惧祸而深居简出，至其寓，则以《粤雅堂丛书》等大部头书籍为例，牙签湘帙，纷然满室。在吾邦，一与彼相同之人称藏书家者，想亦无此巨量之藏书矣。至张菊生家，别有一景，不列颠百科全书，裒然载于桌上，种种价格不菲之科学挂图，掩蔽四壁，虽非专门家，然其笃志亦可感矣。若文云阁文廷式，其在官时，曾投数百金，托裕朗西星使为其购吾邦缩刷之《大藏经》云。如《古逸丛书》，乃杨守敬擘划，经黎莼斋星使之手影刻，如此宏大事业姑且置之不表，若《经籍访古志》者，亦同为徐星使时所印行，而《日本金石年表》之为潘氏刻入《滂喜斋丛书》中，诸如此类，古人倾注毕生精力之著述，此邦甚少知其名者，却由中国人等先行印行，可谓遗憾之至。若黎氏其归国也，即以《古逸丛书》之版悉数捐赠苏州书局，可见其计划非为营利，亦甚了然矣。近日邦人果能为此等事否？ 孰谓中国人乃专骛利欲者也欤？

高　塔

吾邦浮图，大抵五重，抑或三重。中国之塔，则多七重九重以上者。其形亦宛似我浅草凌云阁，绝无檐牙高啄之奇。至其位置，吾邦之塔以筑于山腰之下者居多，其九轮尖端，最上层之檐角，微露于古树梢头等，甚饶画趣。中国则多立于山峦之巅，塔身以露出七八分或全部为常。既有长江航路图、清人之长江图说，又有欧人之新出图，皆以沿岸几多高塔为指示方位之标的，甚见其有用者。江浙水路纵横之区，固无论矣，即在北清地方平衍广豁之地，行旅亦常得以此为标的之便利。窃意浮图建筑，初非含有此实用之目的也。

己亥鸿爪纪略[1]

① 此为内藤湖南明治三十二年(1899 年)初次游历中国时所记日记,里边有些材料未见载于内藤专为此行所撰写的《禹域鸿爪记》,可作参考与补充。

九月五日，午前十时神户发。仙台丸。

六日，午后五时，抵门司，登岸，宿马关天真楼。

七日，正午门司发，日暮海面风浪大作。

八日，朝，左眺济州岛，右望朝鲜群岛。

九日，朝，左望山东半岛。逾午时，过威海。午后五时抵芝罘。

十日，朝，芝罘烟台登岸，访田结领事、高垣邮局局长及三井派遣员大冈。正午出帆。日暮时分船颇颠簸。

十一日，朝抵大沽海面，乘中国人之舢板登岸。午后三时，溯至炮台下登岸，陆行约二公里，抵塘沽火车站。乘午后五时发火车，六时半抵天津。先至三井支店，经其指点投宿第一楼。夜，小贯氏来。

十二日，午前偕小贯氏至领事馆，晤井原书记生、郑领事。午后至正金银行，至三井。晚，井原氏饷以日本餐。

十三日，正午，应正金银行奥村氏招请，得饷日本餐。午后至《国闻》报馆，偕小贯氏晤安藤虎男、方若。晚，赴三井支店日本餐邀宴。夜至正金银行，浴。

十四日，至《国闻》报馆，会西村博、安藤、方若。观西村氏古币。夜小贯氏来。此日朝，同船船员村山五郎氏、船客田中嘉三郎氏归船，往牛庄。

十五日，午后至天津府城外书肆购书，至西门外石川伍一殉难地凭吊，穿行城内，归，由小贯氏导路也。晚设小宴，招请北洋水师学堂总办严复、北洋大学堂总办王修植、《国闻报》记者方若及西村、安藤、小贯三氏。

十六日，午前收拾行李，作赴北京之准备。加藤、□□[①]二大学生来。行李托交三井支店。至正金银行访相约同行之小贯氏。氏托银行之事务，以事急，方决，故逾十一时出发。仓促赶至天津火车站，车已发矣，遂折回银行，彼飨以午餐。偕小贯氏散步街市，复投宿第一楼。夜，偕小贯氏至领事馆，访高尾书记生，同至公园。又至银行浴，归，卧。

十七日，午前十一时半，偕小贯氏天津发。车中邂逅田中仪太郎、久保义道二氏。二时半抵马家堡，雇马车至北京城，抵筑紫洋行，由其引路，宿林氏家。晚至公使

---

① 应是人名，系内藤湖南失记。

馆，晤郑译官。

十八日，午前访上野岩太郎。午后访上野氏及古城贞吉氏，晤安藤不二雄氏。夜访海军中佐泷川，晤早崎孝吉氏。

十九日，午前安藤氏来。午后上野氏来。至公使馆，郑氏、石井书记官皆不在。访古城氏，由氏及筑紫之中村氏邀至城墙赏月。是夜适值中秋。同赏者，小贯、古城、中村、伊藤、安藤五氏也，泷川中佐亦来。

廿日，游长城。小贯、上野二氏同行，林氏向导。四人骑驴，另有二马所曳之马车。备行具。朝七时发。至沙河车站午餐。至南口宿，甚疲。

廿一日，南口发，逾居庸关至八达岭，归。再宿南口。

廿二日，南口发，傍间道山，赴明十三陵，观明成祖长陵。于昌平州午餐。至汤山，宿一寺院。

廿三日，朝，浴于汤泉。发，至清河，午餐。上野氏于此辞别，先归。三人观万寿山玉泉山，宿青龙桥畔。

廿四日，朝，观卧佛寺、碧云寺。于海淀午餐。观大钟寺。午后四时半抵北京客寓。夜至筑紫浴，访古城氏。

廿五日，终日在寓作书简。

廿六日，午前过访上野氏。是日午后小贯氏回天津，先发。古城氏来谈。至公使馆访郑氏，以彼公事繁多，辞去。乃访石井书记官，谈少顷，即离去。至筑紫办馆，订购风景照片。此日大风，沙尘飞扬。

廿七日，午后观观象台、考场。至国子监观文庙。至六条胡同访青木少佐、小村俊三郎、小越平陆三氏。归后，夜访上野氏。

廿八日，午前至山本照相馆，约订风景风俗照片。午后偕上野、古城二氏至琉璃厂，购碑拓及书。夜访石井书记官。

廿九日，午前观天宁寺十三重塔，观白云观，又观万寿寺，至延庆寺访矢野公使，承其招请午餐，晤中川军医及冈氏，归。风尘大作，几不能睁眼。

三十日，为《朝报》社作长城游记。夜访上野、安藤、古城三氏，与彼等叙别。

十月一日，朝至公使馆，与石井书记官叙别。又至筑紫办馆叙别。九时半，马车发。林氏命其仆随从，至马家堡车站，乘车。车中遇杉山彬氏。抵天津为午后二时半。投宿第一楼。至正金银行访小贯氏，在此遇三井之竹田氏夫妇。夜至领事馆，游日本人协会。

二日，午时至领事馆等候本田种竹，彼由日本来，尚未至。至《国闻》报馆晤西村、安藤二氏及方药雨、吴秋农等，邀彼等晚餐。归，复至领事馆，本田氏已抵达，与之晤于日本人协会。（吴秋农，画家，适来方氏处。）

三日，至领事馆，偕小贯氏晤高垣德治氏。归寓，得知外出时本田氏、服部宇之吉氏曾过访，遂至邮局局长高木氏官舍回访二氏，归后至正金银行浴。

四日，朝，访吴秋农、高垣德治氏。至领事馆，送高垣、服部、本田三氏赴北京。至 Astor House Hotel，访永井久一郎。是日，于正金银行办汇款事，至美昌行访铃木藤藏氏，夜访陈锦涛、蒋国亮二氏。小贯氏亦来。铃木藤藏氏来办船票事。

五日，至《国闻》报馆、领事馆叙别。至正金银行叙别及办汇款事。至三井叙别。正午搭乘火车，乘客甚杂沓，邂逅此前住第一楼时，于赴北京车中相识之久保义道氏，高知人，复因氏之关系，晤大阪麦酒会社社员近藤胜太郎，一行三人结伴至塘沽，赁舢板，登玄海丸。是夜，玄海丸碇泊大沽口外。

六日，未明，大沽发。邮船会社一行皆搭乘此船，故船中甚热闹。夜十一时芝罘，乃整理行李，复寝。

七日，朝，转乘博爱丸，邂逅此前同车赴北京之久保氏，田中仪太郎亦以此结为同伴，一行四人。九时芝罘发，午后一时入威海卫，泊三小时，再发，往上海。

八日，船中无事。

九日，昧爽已至扬子江口，溯江数十哩，午前十时泊，候潮，午时复进，抵上海已逾午后二时矣。投宿东和洋行。夜，适藤田、田冈二子偕小川某氏来，得晤。

十日，偕久保、近藤、田中三氏，赁马车游徐家汇、教育院、观象台、愚园、张园，归。夜，又相携上街散策。

十一日，偕久保等三氏至佐藤照相馆照相。下午偕久保氏至正金银行，领取汇款。至领事馆，晤船津书记生。至书肆扫叶山房，购书数部，归。

十二日，复至扫叶山房，又至文宝书局，购书。晚，田冈氏偕大学生铃木氏来访，铃木氏谈晤张之洞及游长沙状。佐原笃介氏来访，彼以明日陪同文廷式来访相约。

十三日，游公园，至沃尔谢[①]购书。午后，佐原氏陪文氏来，笔谈数刻，去。井上雅二氏亦来，以文氏在，辞去。至嘉纶号购缎子。

十四日，久保、田中二氏搭乘西京丸明日归国，夜偕近藤氏送至船中。

十五日，午前藤田氏来。午后佐原氏来。佐佐木四方志氏、井上雅二氏、清藤氏等亦来。佐佐木等三氏先去，偕藤田、佐原二氏驱马车，历访宋伯鲁、张元济氏。至日本人运动场，面晤小田切领事及伊吹山氏。至张园，过东文学社，至速成学堂晤叶翰氏，归。

---

① 某外文书店名之译音，原文不详。

十六日，午后藤田、田冈二氏来。佐原氏亦来。是日作稿寄《朝报》社。

十七日，午后至文宝书局，为近藤氏购书。至汇记购毛毯。至千顷堂购书。归寓后，复至邮船会社访伊吹山氏，至同文会晤井手、宗方二氏，再至文宝书局购书，归寓。成田炼之助氏来，以转送小贯氏之书籍相托。午后五时，搭乘大东轮船公司同吉号前往杭州。晚，雨至。

十八日，朝在塘汇镇，过嘉兴，午后七时抵拱宸桥。宿大东之办事处。雨未霁。

十九日，午前十时，赁小船，复由拱宸桥至杭州马处巷之日本领事馆，访小贯氏介绍之大隅行一氏，晤速水领事代理，遂决定投宿馆内。午后偕大隅氏至东本愿寺之日文学堂，晤伊藤贤道氏及其余诸氏，归。夜观速水氏之法帖书画至三时。

廿日，雨稍霁。午后偕伊藤氏出钱塘门，泛小舟于西湖，至孤山吊冯小青、林和靖墓，于西泠桥眺望苏小小墓，谒岳王庙及墓，观蚕学堂；出里西湖，观三潭印月；至钱王祠弃船；由涌金门入城已日暮。过武林大街，至日文学堂，得饷晚餐，谈至夜分，归。

廿一日，雨又至。终日在馆内。此日晤西本愿寺东亚学堂之太田得证氏。晚，又为福建、浙江两省陆路旅行，晤见嘉、藤冈二氏。

廿二日，雨益甚。此日馆内举办在杭日本人集会，余亦列席。

廿三日，天霁。伊藤氏折简，劝作西溪游。九时至日文学堂，偕氏骑马发，过秦亭山下，缘溪行，入山路，至花坞，向当地人打探西溪所在，然不明究竟，归至桃源岭下午餐，食面，已届午后二时矣。复折回，于途中询问西溪路，路人谓甚远，遂改变计划，舍马步行，逾桃源岭至灵隐寺，一览飞来峰、冷泉亭、罗汉堂等处，归时至寺前茶店小憩啜茗，复步行至西湖湖畔，赁小舟渡湖，昏黑方回本愿寺，又承饷以晚餐，归。

廿四日，午前偕嘉藤能言氏访姚少伯，同登吴山，憩于一茶亭，与姚氏别。至五圣堂巷访西本愿寺东亚学堂，承飨以午餐。赁轿归。至浙江官书房购书。至日文学堂与伊藤氏叙别，归。赁轿至速水氏处叙别。发。午后四时半抵拱宸桥，在大东公司小憩。搭乘戴生昌之拖轮前往苏州。同舱已有三中国人，湫隘至极。

廿五日，朝，过嘉兴，与同舱之一人笔谈。日暮抵苏州。复雇小舟。舟子不知日本领事馆所在，迂回甚久，舍舟，稍步行，即抵。见片山敏彦氏，投宿馆中。见二桥邮局局长。

廿六日，阴。至师古桥访东本愿寺东洋学堂，晤山本一成、村上惠纯、桥本某氏等。下午晤加藤领事。复至本愿寺，得飨晚餐，偕山本、村上二氏归馆。

廿七日，阴转晴。至盘门外大东公司，以片山氏介绍，见海津氏等，经其周旋，赁画舫至虎丘，复转观寒山寺、枫桥，归。夜，偕片山氏访本愿寺。

廿八日，快晴。偕山本一成氏，再托大东赁舫，登灵岩山，眺太湖。归至大东，片山氏在焉，余先回馆。

廿九日，偕山本、村上二氏至承天寺。复登北寺大塔，与寺僧成莲谈。观玄妙观，于前街之书肆购书。又至江苏官书坊购书。归，片山氏遗有一书，约以浮舫游采菱洲。即赴大东见之，不在。遂打点行装，作出发准备。与加藤领事、二桥邮局局长叙别。赴食堂，藤田剑峰在焉，谓今朝偕伊吹山氏来此，伊吹山氏则于船中发病，怂恿余再宿一夜。欲先见过片山氏，再作决定。命苦力携行李，赴大东公司。与片山氏、土井氏（摄影师）浮舫采菱洲，又得见上田某氏（画家），同饮至宵分。此日遂不发，宿大东公司。与片山氏夜话至深更。

卅日，午前访片山氏，晤藤田氏。午后同观沧浪亭。探问伊吹山氏之病。晚，搭乘大东公司轮船往上海。片山氏送至码头。同舱有中国人二。雨至。

卅一日，朝，船抵上海。再宿东和洋行。午后佐原氏来。

十一月一日，午后至邮船会社访永井禾原氏，告以伊吹山氏病状。访船津氏。复至东本愿寺，以藤分氏书函交付松原氏，去。访文芸阁及佐原氏，均不在。至同文会访井上氏，同至《亚东时报》馆访山根虎之助氏。归，人告以田冈氏过访，以余不在归去云。夜，佐原氏来，同至《中外日报》馆访汪康年氏，复同至丹桂茶园看戏，艺名七盏灯之少年名优，演技最绝妙。逾夜十二时归寓。

二日，至邮局，询书函寄达否，不得要领，归，至经家路桂墅里访田冈氏。东文学社数日前搬迁至此。谈不多时，即与田冈、小川二氏同至四马路玩花园，承二氏之款待也。观妓洪漱芳、沈桂云，出。至一书馆，听众妓唱，复出。至洪漱芳宅。此夜偕田冈、小川二氏同宿吾寓。

三日，午后井上氏来，同赴张园之日本人天长节祝贺会，于园中戏场遇文廷式、井手、牧野三氏。偕田冈氏。归寓时，井上、山根、胜木、宫阪、柴田、安永等，已先在吾室饮酒，皆甚酩酊，殆不辨人理矣。胜木、安永、柴田先去，宫阪卧地板。余偕井上、田冈二氏赴领事馆邀宴，尚早，赴常盘舍，亦小宴。复赴领事馆邀宴。田冈、小川二氏先归。

四日，午前至邮局，复询书函之寄达否，仍不得要领。乃至邮船会社买汉口往返之船票。井手氏将于是日归日本，因至西京丸为其送行，亦未至，乃去。至沃尔谢、扫叶书房、《游戏报》馆，购诸书。复至邮局，查索数刻，仅得来书。再至西京丸，与井手氏叙别。午后，从来访之洋服店老板手中购绒衣上下一套，出，至文宝书局、格致书院购书，归，束装。夜十时上船，即访永井氏，烦请兑换银元。小川氏来叙别。安永、胜木、柴田、佐伯等赴南京，亦来。遇杉山、平冈二书生。又遇商船会社之金岛、香阪二氏，金岛氏自汉口来，香阪氏则正待携家眷赴汉口也。

五日，朝起，船与狼山遥遥相望。与杉山、平冈、香阪氏等共话。过江阴，日暮。近夜半抵镇江。夜与杉山、平冈二氏酌酒叙别。

六日，朝起，平冈、杉山二氏已去。船在太平府境内。其后一小时抵芜湖。日暮抵荻港。

七日，朝，船在马当矶。午后二时抵九江。晚抵武穴。此日阴，夜雨。

八日，朝八时抵汉口。至大阪商船会社汉局，晤前原支店长。复赴《汉报》馆，宗方小太郎不在，晤冈、篠原、清藤三氏。三氏谓，宗方氏尝有言，称彼当尽东道之谊云，因留宿。原田了哲氏来晤。午后至领事馆，晤濑川领事及三名书记生，归。夜，散策街中，途遇宗方氏，遂相伴过东肥洋行，归。

九日，雨。

十日，雨益甚。

十一日，雨犹不止。

十二日，由宗方、冈、篠原、清藤四氏陪伴，渡江至武昌，登黄鹤楼址，至自强学堂，承飨午餐。历观农务学堂、武备学堂，归。夜，香阪氏来。至邮局，晤桑原政、佐藤勇作二氏。至领事馆，领事不在。

十三日，午后偕四氏登晴川阁，登大别山，观伯牙台，归。夜，承商船会社飨以晚餐。

十四日，复偕篠原氏赴武昌，至花园山访原田氏，承飨午餐。于官书局购书。至农务学堂晤宗方、冈二氏，归。此日北风劲烈，大江波涛汹涌，渡航甚险。夜，搭乘商船会社大井川丸就归途，《汉报》馆诸氏及佐藤氏送至船中。

十五日，晨二时，船在黄州。日出，在武穴。昨日赴武昌时，似染感冒，以头痛发热故，午后服药就寝。午后五时，过安庆。

十六日，朝，过芜湖。午前十一时抵南京下关。平冈、杉山来迎。邂逅前原、金岛二氏。赁车赴科巷东本愿寺宿。遇一柳智成、长谷川信了、岩崎薰诸氏。午后至坊口、行口街等处。

十七日，午前偕平冈、杉山二氏谒钟山山麓之孝陵。途经明宫址时，谒左宗棠所修之方孝孺祠。午后，一柳智成氏陪伴，由雨花台赴刘公墩，复沿秦淮水至莫愁湖。由汉西门入，观翠微亭、斜月亭，访随园故址，归。

十八日，偕三井之修业生内田、高木二氏及平冈、杉山氏等，观鸡鸣寺、北极阁、钟楼、毗卢寺。午后偕一柳氏沿秦淮水至孔庙，过官书局诸书肆，归。

十九日，偕内田、高木、平冈、杉山诸氏游燕子矶，观岩山十二洞。于下关午餐，膻荤肮脏，难以下咽。归已午后五时矣。是日得知加藤高明、水野遵二氏来本愿寺。一柳、长谷川、内田、平冈四氏，夤夜复赴下关。

廿日，乘马车赴下关。十一时搭乘天龙川丸往上海。四小时后抵镇江。夜十时半抵江阴。

廿一日，朝，眺望狼山塔。

禹域鸿爪后记①

① 又名《清国再游纪要》。系内藤湖南明治三十五年(1902 年)十月至翌年一月间,作第二次中国游历时所记之日记。

明治三十五年九月三日，晤上野理一氏，商谈实行渡清[1]计划之时机，话及此一场面题中应有之话题。上野氏要我就预定之行程费用等略作估算，交付给他，并表明将商之村山氏之意。盖此事之由来，实萌发于今春。去年十一月，第一高等学校校长狩野亨吉氏，邀我出任该校教授，我因另有他故，欲推辞之，狩野氏则恳求我再作考虑，故而准备延迟至今年一月再应聘，于是先将准备辞离报社之意向告知村山、上野二氏。其时恰逢《朝日》、《每日》两大报社笔战正酣，二氏似颇难答应。经我再三催促，又赶上村山氏将回舞子[2]避寒，这才允诺下来。但也要我答应留待至笔战结束，我亦对之作了承诺，于是商定，先去狩野氏处请求通融。这是一月十一日的事。孰料

① 清朝时之中国，其时日人称清国。

② 地名，位于神户明石附近，隔海峡与淡路岛相望。

町田忠治氏却因为此一缘故，率先前去说动村山氏，说是为我，同时也是为报社计，视我之离去为不利，不能作此决定。事情遽然至此，为感谢其一番好意，当夜我便走访町田氏，向其具体讲述此事之始末。然而町田氏依然力主推翻成案，翌日即去舞子造访村山氏，开出挽留我继续留任的条件，即每年可作一次中国之游历，以及补给特别津贴若干。直至达成约法三章之目的，他才告归来。这一来，便又有了我辞谢狩野氏聘请，继续留任报社，并对报社编辑部作出结构调整等诸如此类之事务。三月至五月，我都在操劳这些事。五月中旬得病，至六月病愈，随后便担负起了改革后之社务。未几，至七八月之交，又报载清国各地疫情流行，在清诸友纷纷规劝，要我延缓游清日期，以是之故，荏苒未果者，达半年之久。自八月末起，诸报多已刊出疾疫渐息消息，成行机会已至，遂以此事商请于上野氏。其时恰值村山氏去了有马，故无从同时商请于二氏。

作八日行程及费用概算，交付上野氏，及至十三日，以此事询之上野氏，上野氏答曰：村山氏尚未回信，遂发书催之。

十六日，村山氏犹未复，发电报促之：来月一日，邮船会社之大连丸出帆神户，前往旅顺，欲搭之，须作准备云云。

十七日午前，上野氏函至，谓村山氏已自有马归，并邀我作一恳谈。故即赴上野氏宅，村山氏在。其所谈要点，要我承诺将此事提交评议员会，并商请我减少费用。我均予以应诺。是日访町田氏，具告此事。又，赴本庄氏赏月宴。

十八日，渡清事宜由评议员会全票议决。电话神户洋服店冈本。托捎口信至五十崎氏，邀其明日来大阪。

十九日，领取社特别津贴及旅费，内有金百圆。晨，洋服店老板来。

廿日，晚，访中桥德五郎氏。

廿一日，洋服店老板来，裁身取样。

廿二日，午后，赴东京。途中顺便至京都小川晤权藤四郎介氏。富冈谦三、田中治兵卫二氏亦来访。权藤氏商请与我偕行渡清事宜。夜八时，搭乘东上之急行火车。

廿三日，朝十时抵平沼，访横滨之佐藤虎次郎，承其招请午餐。与之共访原富太郎于其商店，又访横滨新报社，既而辞去。送佐藤氏至停车场，在火车站前茶店休憩，邂逅林觉藏氏。晚抵东京，投宿猿乐町安田。夜吉田孝三来，商谈维持书店事，即访白土幸力氏，决定将本该交与白土氏之金五十圆先借与吉田。复至吉田处，付金，归。

廿四日，午前，访上田万年氏，商谈此次渡清东京大学所嘱托事宜。上田氏今春曾与我约。本月十七日我亦赠书告之：计划大致已定，乞其尽力筹措云云。上田氏语我，山川大学总长亦欲与我面晤，故以明后日午后一时相约，即去。偕栃内里见诣畑山吕泣、长泽别天二亡友墓，于墓地邂逅关宗喜氏（此日适逢秋分）。归途顺便至文求堂，观《清文鉴》等书，购《英夷犯境录》、《天方正学》二书，归。午后，访松田氏。渡边则胜、越津准一郎二人来，盖奉早稻田大学史学科讲义录编纂主任内山正居氏、高田早苗氏之命而来，商请我承担清朝史讲义，告以若允许我渡清后受理此事，则可接受。成约。晚，香川香庵来。夜访病中之高桥，自恃先辈之遗爱雏子。又至东华堂，在神保町购物，归。

廿五日，丸善唐物店番头太田来，购旅途用品数种。太田，素居敬业社者也。午后，至外务省访杉村通商局长，以其正忙于事务，商请稍迟再来，即离去。访小村俊三郎。邂逅岩村成允氏。再访杉村氏，央其作致驻请诸领事介绍信，氏诺之，答曰明日即可送至大阪报社。遂至芝山内之黑龙会，与内田良平氏谈日露[①]协会入会事，归。夜，梅原龙北来。小笠原勇太郎氏在本乡元町加藤处，打电话促其来，大里武八郎氏同来。

① 日人旧时称俄罗斯为露西亚。

廿六日，丸善之太田来，又买备用品。访泷精一氏，不在。至村上鞋店购鞋。至日本新闻社，晤香川、浅水二氏。午后，至文科大学国语研究室，晤上田氏，以蒙文《元朝秘史》六册相托。山川总长赴箱根，未遇，上田氏以爽约致歉。约定前日商定之事，当直接以书简照会并妥善处置为宜，旋即离去。访坪井博士（九马三氏），谈史三小时，复去。访高桥虎太氏。又访木村秀哉氏宅，彼出门，未遇。归途购福神渍梅干，归。夜，吉田孝三来。此日欲就归途，返回大阪，因事繁多，未能遂愿。

廿七日，太田又来。访泷氏，又不在。至神田邮电局，给大阪家中发电报，告以归期。至胜木平造处，购笔，归。午后，访那珂通世氏，谈史，归。因搭乘之火车为午后六时，束装。至银座玉屋购望远镜。赴新桥，约香川香庵同乘。栃内庐山来送。此夜乘客颇拥挤。

廿八日，午前返归大阪。先至报社，后赴家中。洋服店老板携新制服装来。午后复赴报社。夜访上野氏。幸田成友来。

廿九日，评议会否决权藤氏同行。我前夕见上野氏时，谈及旅费，村山、上野二氏错会我意，重新恢复删减之额，故答应此日支给预算若干，可谓意外之幸。午后，领取七百圆，付洋服店七十圆后即离去。夜，买备用品，稻叶岩氏来。

三十日，唤鹿田、森田二人来，付书籍钱。权藤来。由报社赴府厅，询问护照申请事宜，复赴东区役所，索取区长证明，再赴府厅。府吏颇傲然，至三时余，始发放护照。至心斋桥一带买备用品。归，收拾随身行李，森田贯二郎亦来相助，至夜八时始成。安斋源一郎、殿村显毅二氏来。逾八时，至理发店理发。又购备用品，归，入浴。复叮嘱郁子我出门在外时之事宜，三时就寝。香川、香庵廿八日来，宿我家，此日一早赴东京。

十月一日，朝五时半即起，束装，出发，赴梅田车站。胜又吉平氏处理随身行李事。乘六时廿四分火车。送行者，社内数十人。太田达氏亦于此日赴北京，同乘此班车，故送行者甚夥。中岛义三郎将我介绍与太田氏。伊东祐侃氏送至神户。至神户海岸后藤，委托露清银行汇款，因主事者未来，离去。至报社神户通讯部，五十崎、下山田二氏在。托下山田代为索求露领事之护照证明。复至露清银行，汇三百圆至旅顺。至后藤，伊东氏来，下山田亦来。付下山田证明书费用，遣人前去露领事馆领取护照。十一时半，搭乘大连丸。伊东、下山田二氏送至船中。船上邂逅前川虎造氏。五十崎氏已先行上船。既而诸氏别去。逾十二时，船由神户出发。船客有加藤仁川领事夫妻、大阪海关关长曾我等，亦有外国人。此日风日暄和，航行极平稳。

二日，朝，抵门司。偕前川氏下关上陆。至朝日新闻别所，阅本日报纸。至一之宫，欲观古钟，因无时间，未果。上某楼午餐，作致内人书，归。晚五时，船发门司。

三日，朝，抵长崎。上陆，与前川君道别。先至邮电局，访川村竹治氏，闻其正在釜山巡回，未遇，雇车访其大工町宅，夫人款接，飨以午餐。福岛某来访，既而前川氏来，山本静也氏亦来。一同辞离川村宅，至某温泉，浴后复唤酒饭，终至邮局买邮票，登船。山本、福岛二氏送至埠头。晚，船发长崎。入夜，渔火极美，见东北海上耀若白昼，心荡神驰，似为军舰之搜索电光。（于川村氏宅作致町田、中桥二氏及内人书。）

四日，晨二时顷，右舷见一大岛，乃对州[①]也。朝，抵釜山。偕前川氏上陆。先至商业会议所，冈庸一氏出接。同出，访桐幡复吉氏，彼为迎我，出，未遇。复行，至韩人街。桐幡氏追至，重返氏之宅，得飨午餐。出，步至街头，再至商业会议所，辞离，出，购照片，归船。桐幡、冈二氏送至埠头。晚发釜山。（夜，梦及畑山吕泣。）

五日，午后浪涛高涌，船发长崎时，测候所即已警报海上有狂涛，盖此为余波所及者矣。废晚餐。作上家君书

① 即对马岛，位于对马海峡东端，今属长崎县对马市管辖。主岛对马岛为长崎县最大岛，亦是日本列岛中第六大岛屿。

及致内人书。

六日，朝，抵仁川。小川雄三来迎。于仁川埠头上陆。投宿稻田旅馆。与前川氏三人午餐。搭火车往京城[①]。一时四十五分抵京城。西河通彻、志村银太郎二君来迎，联车赴巴城馆。复与西河、志村、小川三君登南山倭城台，一览京城。又至稻山楼，西河诸君赏饭。归巴城馆。午后七时，火车发京城，西河、志村、前川三氏送至车驿。夜九时顷抵仁川，宿稻田旅馆。（作致杉村通商局长书及家书。）

七日，晨起小川君来，偕同散步租界，八时登船，小川君送至船中。九时，船发仁川。（作与上田万年、狩野亨吉、滨田源十郎、长井行、掘扶桑、白岩龙平诸氏书，至芝罘发之。此夜梦中又见吕泣。）

八日，朝，抵芝罘，上陆，至邮局，发书信。访高垣德治氏，尚未至，复访其宅，已出。故至领事馆晤水野领事，承飨午餐。闻村井启太郎氏自欧洲归，亦在此，水野氏已将予来之事告知村井氏，故村井氏亦至大连丸找我，未遇。复访高垣德治氏，已而村井氏至领事馆，因赴领事馆晤之。又与氏同至其寓所金升洋行，与陆军少佐守田利远氏晤谈至晚间，辞去。赴高垣氏招请之晚餐，终，与领

---

① 即今平壤。

事辞别，登船，领事遣仆佣送至埠头。夜十一时，船发。(在高垣氏处作致报社书及家书。)

九日，朝，入旅顺，川久保铁三君来迎。以一包裹托大连丸事务长先行送至天津，事毕，上陆，由埠头驱马车，投宿长崎旅馆。晤庄司钟五郎。午后，由川久保陪伴，至北方商会晤山下五郎氏、川上贤三氏等。出，至三井，晤河井松之助、山川二氏。过川久保洋行，归。夜，川上贤三氏、川久保君来访。托旅馆主人小浪福藏氏领取居留证事。

十日，朝，由川久保君陪同至露清银行，谈汇款事，银行员谓须有护照，故持川久保君之护照再赴银行，银行以通知书尚未到，拒之，因至三井，委以汇款证明，商请立兑，三井店员痛快诺之。归宿处，午后复由川久保陪同，散步街市，至新中国街，至日本风俗馆入浴，归。是夕，赴三井店招请之晚餐。

十一日，朝，偕小浪、清水二氏至民政厅，领居留证，复托清水氏向参谋部商请内地旅行许可证，参谋部命其明日来云。撰寄报社之通信，作与香川、香庵书及家书，交托川久保洋行。露国大藏大臣①维茨忒来巡，总督阿历克塞夫归任，午后，草昨晚河井氏所嘱之日本居留民当呈之欢迎文，草毕，至川久保洋行，嘱店员送至河井氏

---

① 即财政大臣。

处，辞归。束装。河井氏来。以马车至车站。车前往塔尔尼，川久保君同行，清水、小浪二氏来送，川上、河井二氏亦来送别。午后六时四十分，作别诸氏，车发，月明如昼。夜逾九时，抵塔尔尼，投宿梅田旅馆，主人名洁三户，夜作快谈，至深更。

十二日，午前偕梅田、川久保二君散步街市，至大埠头，归。午后复散步，至第二防波堤，归。

十三日，朝，庄司钟五郎氏来。河井松之助氏自旅顺来，以烟草相赠。偕梅田、川久保二君散步至植物园。途至长谷川照相馆，购塔尔尼全景相片。归途又至森田照相馆，预约摄影。与佐藤工学士谈。河井君复来，遂偕河井、佐藤、梅田、川久保四氏摄影，归。午后又偕梅田、川久保二君散步郊外。夜，塔尔尼侨居诸君设宴招请，与会者十数人。是夜有电音①。向旅顺露国参谋部商请许可证，谓内地旅行证当于明日发放云。

十四日，午后偕川久保君散步。夜，露国驻东京公使馆员托洛特萧特氏走访梅田氏，因晤之共谈，且送其至塔尔尼旅馆。散步，归。清水君至，盖为旅行证已发放而来也。

十五日，朝，偕川久保、清水二氏自塔尔尼出发，梅

---

① 原文如此，意义不明。

田、河井、佐藤诸氏送至火车站。庄司氏赴旅顺，故同行至南关岭。在南关岭等候直行列车，乘之，至花红沟，遇一等列车自北而来，盖为大藏大臣东方视察之专列也。夜入熊岳城以北，在大石桥晚餐。

十六日，凌晨一时过辽阳，在铁岭朝餐，遇露国驻军司令官来查察。在公都岭晚餐。侨居此地之日本娼家，因某露官来，询问予等职业。夜，在宽城子停车十余时。

十七日，朝，仍在宽城子。午后三时，在 yoman[①] 进食。在双城堡晚餐。抵哈尔滨之松花江车站，为夜十二时。甫一抵达，即有露国巡警来查察。以马车至埠头市德永商店，求宿，允之。就寝已深夜二时矣。

十八日，朝，至浴馆入浴。朝餐毕，由德永店员指路，偕二氏观松花江岸之形势，归途访浦盐斯德贸易事务官川上俊彦氏于其下榻之露国旅馆，德永氏及松花俱乐部事务员手户智氏已先在。归，午餐。访松花俱乐部，川上氏及其随员亦至，既而偕川久保、清水二氏至新哈尔滨[②]，归。夜，再访俱乐部。

十九日，朝，再至浴馆入浴。朝餐后，偕川久保氏访川上事务官。归，偕川久保、清水二氏至火车站午餐。坐

---

① 原文系日文注外来语ヨ一マン，从上下文看，似是某地名之读音，然不敢断定，故暂以罗马拼音标出。

② 编者注：即秦家岗。

马车周游新、旧哈尔滨，归。大风烈寒。晚餐，搭七时五十分之列车，原路返归，列车九时始至，发。

廿日，朝七时，过 yoman 醒来，喝茶，殆乘火车常不免有晚点之奇事。于宽城子车站进食。于公都岭晚餐。

廿一日，朝逾七时，抵奉天站。在火车站进朝餐。租马车前往奉天。八时半发，午后一时抵奉天。南风，沙尘飞扬，苦甚。先至娼家望月氏处，求宿，主人不在，留守人诺之。午餐，访摄影师前天鹤之助氏，晤此地富家赵清玺氏，氏以可宿其家相邀。氏去后，由前田氏导路，至赵氏宅，氏不在。庵谷些太氏亦宿此处，故我独自留下，川久保、清水二氏稍先已归望月氏处。夜，赵氏归，畅谈。

廿二日，朝，川久保、清水二氏移宿于此。偕访安部道明氏，由氏导路，访奉天府学教授王者馨，晤之，辞去，再访前田氏，归。(庵谷氏此日移住他处。)

廿三日，阴，偕川久保、清水二氏谒昭陵，于御花园长宁寺观清太宗文皇帝之弓矢。又访黄寺，诣关帝庙，与一僧交谈，约明日观满、蒙二藏[①]事。归途，遇白大喇嘛，又以观后楼之蒙藏相约。归，午餐。偕清水氏至娼家望月氏，谢其前日好意。主人在，安部氏亦在，迟暮归寓。是夕，川久保氏前往华兴利，探询抚顺附近出产煤

① 满文、蒙文版之佛教经藏。

炭事。

廿四日，午前王者馨父子与安部氏同来，前田氏亦来。既而偕川久保、清水二氏访白大喇嘛于黄寺后楼。观其楼上，又导至他处，阅蒙文藏经。辞离后楼，至关帝庙，得见大喇嘛。由昨日约定之僧导路，往黄寺之经藏，观蒙文藏经及满文藏经。归，望月氏来，还旅行证，午餐。午后四时，坐马车出发。过安部氏，不在，今日已去哈尔滨云。晚七时半，抵奉天火车站，遍访之余，仅得宿一中国旅馆，混宿，极不洁矣。至车站露人饮食店晚餐，临归，遇露国士官查察，兵士相随至旅店，清水氏携护照赴士官处交涉，归。

廿五日，朝，出旅宿，在火车站朝餐，又复午餐。见十余露国士官酬饯一军官，盖为撤兵事耳。午后逾四时，列车始至。在辽阳晚餐。

廿六日，凌晨逾二时，抵大石桥，转乘营口线之列车。三时，抵牛家屯车站，喝热茶一碗，寝于车站三等候车室长椅。七时醒。雇舢板，下辽河，投海仁洋行，晤户田、西野二氏，去。至正金银行访深水十八君。午后，由深水氏导路，观豆油制造所。东肥洋行之商品陈列处，观正金银行新租之房屋，正在修缮。晚，于日本俱乐部入浴，承荒田武卿氏邀宴，深水、川久保二氏同席。

廿七日，访濑川领事。访邮局。至正金银行，将卢布换成美元。复赴濑川领事招请之午餐，仁平、川久保、清水三氏同席。清水氏是日别去，赴旅顺。长谷川辰之助氏自北京来，与之晤于领事馆。（闻此日有领事欢迎会，作寄报社其他同仁书。）

廿八日，寒甚。昧爽，偕川久保氏出发。租舢板至关外铁道营口车站，搭六时三十分之列车。入夜，抵山海关，投宿掘游玉馆。

廿九日，朝，访守备队住田大尉，偕同散步至天下第一关，归，午餐。逾十二时，搭火车下汤河，租马车前往秦皇岛。承住田大尉厚意，致秦皇岛守备队电话，谋二人之一宿，因得日下部大尉之款待。彼亲做向导，纵观形势，并招待以温浴及晚餐。夜，有风。

卅日，朝，秦皇岛出发，在汤河等候自山海关发来之列车，殆一小时始登车。午后三时抵天津。投宿闸口芙蓉馆。遣人至西村博氏处，告以已抵达。至邮船会社，领取此前寄存大连丸之行李。夜，西村氏来访。

卅一日，午前，理发，偕川久保君过西村处，三人同行至总领事馆，晤伊集院总领事等。归途过西村氏，承其招请午餐。午后，访方药雨于天津日日新闻社，不在，归寓。后药雨来访，邀我至日本料理店福住楼饮。夜，同宿。晤农商务技师宫岛多喜郎氏。（是夜铃木藤藏氏来访，亦未遇。）

十一月一日，午前，闻内田公使自北京来，访之。偕川久保氏至领事馆，晤岩崎邮局局长，正金银行之铃木、锅仓二氏，新松昌洋行之山本唯四郎氏等。午后，访方药雨。晤中根斋氏。以所写之通信发报社。夜，铃木藤藏氏、财部元郎氏来访。

二日，方药雨与中根氏来访。财部氏亦来。赴商谈会及领事馆庆贺天长节之招待会。

三日，天长节。出席日本租界局之日本人祝贺会。有秋山司令官、伊集院总领事、原田中佐等数十人莅临。夜，赴领事馆邀宴，川久保氏亦在座。（此日晤佃一豫、藤井恒久二氏。）

四日，午前访藤井恒久氏，归途访铃木藤藏氏，又访佃一豫氏，归。

五日，欲于此日赴北京。先访西村博氏，与之叙别。西村氏苦苦挽留一日，以所藏石本示我，遂共进午餐，相约共赴书肆宝森堂，适逢西村虎太郎来，向西村氏转达伊集院领事之语，予遂先去。与西村虎太郎同至晋和祥购烟草，别后又访方药雨。既而至西村氏处，同至宝森堂购书。又随氏至城内料理店高砂。西村氏飞简招请铃木氏、方氏。铃木氏来，方氏未至。既而又去，随西村、铃木二氏至神户馆，我逗留片刻即离去，归。

六日，列车午前八时四十五分发，偕川久保氏共赴北京。先是，发牧氏电报。此日正金银行之锅仓氏亦同车。午后逾一时，抵前门，牧氏来迎，小贯庆治氏等亦来。投宿北京苏州胡同之社宅。夜，小贯氏来访。

七日，午前，偕牧氏、梁田政藏氏、川久保氏至公使馆，晤小池（张造）书记官、郑（永邦）书记官。又至邮局，晤河合鳌、庄益卫二氏。午后，作报社通信至夜间。

八日，龟井陆郎氏来访。午后，偕牧氏、川久保氏、樽井藤吉氏观天坛。途遇松井（庆四郎）书记官、小池书记官等。

九日，偕牧、川久保二氏赴警务学堂，途遇小贯氏，因邀之同往。警务学堂之川岛浪速氏不在。由小贯氏邀至文麟氏邸观菊花。（是日为万寿节。）随后与牧氏别，至后门外一菜馆，三人共进午餐，复去，登鼓楼，观国子监、文庙，又观雍和宫，归。晚赴樽井氏邀宴。

十日，午前，川久保出发，偕牧氏送至前门车站。午后访刘铁云于崇文门外木厂胡同。（晚，赴牧氏招请之晚餐，龟井、松岛、梁田三氏来会。）

十一日，偕河合鳌氏及牧氏赴琉璃厂购书。在一品菜馆午餐。至晚，归。外出时，有中岛多喜郎自天津来访，又有金子弥平氏来访。夜，赴德兴堂访宫岛氏，又访小贯氏。

十二日，午前访宫岛氏及郑氏，相约共游房山事。即赴警察署，谈护照发放事。午后，持申请书再至警察署。夜，访小贯氏，谈至夜半。

十三日，风沙。午后坐马车访沈曾植氏于教场五条胡同温州馆。氏之家不在此，复寻至上斜街。氏患寒疾，未能出见，乃以后日相约。至琉璃厂购书，归。于书肆翰文斋遇曹廷杰氏，以后日趋访相约。

十四日，沈曾植遣人来，转达敬俟明日来访之意。

十五日，午前十一时再访沈子培，谈史至傍晚，适逢夏穗卿（曾佑）亦来。归途访曹廷杰氏。（是日外出时，曹氏曾过访云。）于警察署取得护照。

十六日，午后，约宫岛、小贯二氏赴琉璃厂，途中宫岛氏走失。与小贯氏访曹廷杰氏，复去，赴琉璃厂，遇宫岛。观数家古董铺，归。

十七日，遣人至沈曾植处，赠以雀头、延喜二笔。

十一月十八日，朝，乘七时五十一分之火车，由前门外京汉铁路车站发。牧氏送至车站，宫岛、郑二氏已先在。郑氏之仆佣，及予与宫岛各雇一仆佣，一行共五人。至琉璃河下车，在市中一旅馆进午餐。雇驴六头，往石经山。驴夫误作石亭山。晚六时至涞水县石亭村之亭山寺，距琉璃河六十余里。宿寺庙。与村夫子谈，知有石经洞，位于小西天，距此东北廿余里。走访村内警备马队一士官。

十九日，朝八时半，由半山亭发，午时至西域寺，即《一统志》所载之云居寺，宏敞清楚，水树苍翠。小西天在对岸八里处。午餐后，一览寺内，观览嵌四唐碑之塔，其一有盛伯羲祭酒等题名。午后逾二时，往小西天，登石径，凡千八九百米，达。八洞内之石经可由窗口窥见，一大洞内之法华经、千佛幢，洞外之金刚般若经碑、契丹清宁四年四大部经成就纪念碑等，俨然犹存，另有一唐碑记其由来。寺荒芜，无僧。下山，宿西域寺。夜，微雨。

廿日，快晴。以驴别取他途。雇向导，由捷径赴上方山。路经一石岭，极险，逾之。至上方山下之接待庵，此间称十八里，实廿五里有余。至庵，驴已先至。午餐。登上方山兜率寺，五里之路，巉岩奇绝，有石梯，攀铁锁而登，寺观大小数十，布满山谷。宿寺中。

廿一日，朝七时前发。探云水洞之胜，由石钟乳构成之洞窟，奇异无匹，难以名状，极险。取捷径下山，抵接待庵。进午餐。十一时半驱驴行，午后三时半抵琉璃河。旋得乘前往保定之火车。作别郑君，偕宫岛君同行。夜逾六时半，抵保定。访立花少佐，承飨晚餐。宫岛君赴小栗商店，少佐允我留宿。是夜，与少佐及安藤虎男氏共话。

廿二日，朝，观莲池书院及淮军公所，偕安藤君同至理事府访渡边龙圣氏，归，晤牧田彦松氏。午餐，发，顺途再访理事府，晤松平康国、北村泽吉二氏，去。列车一时五十分保定发。与北京邮局之今道某氏同车。安藤君送至车站。晚逾六时抵北京。牧氏赴蒙古旅行者招待会，不在。取浴。晚餐。与牧夫人谈话间，牧氏始归。

廿三日，午前，赴公使馆访代理公使松井氏。为晤谒肃亲王、荣禄，商请其作伐介绍。访郑氏。作房山行之账目结算。归，予不在时沈子培曾过访，并馈赠以《西夏感通塔碑》。

廿四日，朝，宫岛君来，盖昨日由保定归云。刘铁云来访，赠《长安获古编》。山本泷四郎亦来访。午后与宫岛君会于水津照相馆，同赴琉璃厂，购办书籍墨本。

廿五日，宫岛来。服部博士来。上田三德氏来。午后，访大和正夫、晤内藤顺太郎及横川省三氏。访龟井氏。至公使馆晤松井氏，告以廿七日晚设宴酬谢意，彼以该日公使馆有事辞之。（书肆会经堂来。）

廿六日，午后一时，与牧氏及夫人同赴刘铁云之邀宴，刘、郑夫人亦出迎。山本泷四郎氏、上田三德氏、陆氏亦应邀。是日有访肃亲王之约，原已商请山本氏作通译，因是日山本氏另有他约，未果，故邀陆氏作通译。四时，偕牧氏赴肃王府，晤王及世子，归。六时，偕牧氏夫妻赴京都旅馆，应梁田、龟井、松岛三氏之邀宴。小池公使馆书记亦在招请之列。八时归。

廿七日，午后四时半，设宴酬客于灯市口之余园，与会者：服部宇之吉、太田达人、宫岛多喜郎、河合鳌、庄益卫、川岛浪速、长谷辰之介、锅仓直、小贯庆治、樽井藤吉、曾根俊虎、上田三德、中岛裁之、山本泷四郎、龟井陆郎、松岛宗卫、梁田政藏诸氏。我与牧氏做东。至七时，散。

廿八日，午后，在旧肃王府出席北京驻屯军送迎会，归后，六时应河合、小贯、上田、庄四氏邀宴，赴京都旅馆。

廿九日，午后，偕牧、山本二氏访管学大臣张百熙。此日，得聆由厦门徒步旅行至重庆，复由汉口来北京之山根某氏之谈话。山根定吉来。夜，访小贯氏，未遇。（深夜小贯氏来，寄报社书函。）

三十日，午前访李木斋，以不知其寓所，至顺天府询之，复至东华门之南阿沾，甫抵氏寓，氏之车将出，仅得交一二语，即归。访高洲氏，访荣禄，谋事，归。午后偕小贯、河合二氏，正金银行之成田氏及另一人，同赴琉璃厂，购书与砚。

十二月一日，遣人至荣禄氏邸，以氏病，居城外之别墅，不得要领。午前赴隆福寺胡同购书。午后偕牧氏赴公使馆，以设宴酬谢之意，通知松井一等书记官，郑、小池二等书记官，高洲通译官，新国书记生，惟松井以病辞之。又访山根少将，未遇。与牧氏别。赴驴市大街大学堂编译局访邹沅帆（代钧）氏，谈舆地学。并访李亦元（希圣）氏，不在，去。访沈子培，叙别并谈史，午后七时辞归。即赴华东旅馆宴，四馆员皆来。夜作翌日出发之准备。

二日，朝，雪。午前赴正金银行，与小贯氏叙别。十一时三十五分，前门车站发。牧、松岛二氏同行。郑、小池、河合、庄、梁田、山本、小山田诸氏，太田氏代理人等，来送。午后四时抵天津。投宿芙蓉馆。

三日，偕牧氏至领事馆，晤伊集院领事及白须、高尾诸氏。归途访西村白水，不在。购赠陆曾舆氏烟草。午后访方药雨，亦不在。归途邂逅西村氏，同至芙蓉馆。西村氏去后，偕牧氏赴铃木藤藏所招请之晚餐。方氏亦在，谓是日偕夏曾佑曾去访予，予不在，夏氏午后即赴上海云。归途赴方氏寓所，观古佛像，方氏以其一相赠。

四日，大风，甚寒。樽井氏来。午后，偕牧氏访方药雨，复三人同访严范孙氏（修）。微雪。夜赴岩崎邮局局长之邀宴。

五日，甚寒。由领事馆作伐，为访张燕谋（翼）氏，请中根斋氏作通译。偕松岛氏赴大仓组，未遇。过领事馆。过小栗洋行。访西村氏，作书致张氏，告以今日会晤作罢，请允明日再访。于此进午餐间，复书来。别松岛氏，偕西村氏赴海光寺之驻屯营，晤原田中佐、秋山少将，归。是日方守六氏招请午餐，未赴。是日牧氏病，未能同行。外出时中藤井恒久、中根斋诸氏来。晚，白须氏、铃木氏及山本氏等来。

六日，午前，严范孙之次子、清水芳吉及另一人来访。午后，偕松岛氏在西村氏处会见中根氏。雇洋式马车访张燕谋，酣谈间，以吴重熹来，辞去。访伊集院领事。又访严又陵氏（复），叙谈旧情。又访财部氏。再诣西村氏，赠以《阁道碑》、《敦煌裴岑碑》。弃马车，归。夜赴方药雨邀宴，同邀者有刘铁云夫妇（谓昨日自北京来，将赴上海云）、藤井恒久、中根、铃木、牧诸氏。此日宫岛氏由北京归来。

七日，午前访佃一豫氏。午后应天津商谈会之邀，做满洲旅行谈（此日尚有佃氏之中国盐政谈）。有志邀宴，辞之，归。小栗洋行吉田氏来招，不赴。西村博氏、丰田氏来访。夜，作明日出发之准备。

八日，午前藤井恒久、樽井、山本诸氏来访。偕宫岛氏发。于芙蓉馆购船票，乃馆中仆佣由中和栈购来之过时旧票，即命老板退还之。午后偕牧氏亲赴招商局购票。归途访西村氏。偕宫岛氏乘天津四时发之列车。送行者有牧、两西村、方药雨夫妻、方六守、中根、吉田诸氏。刘铁云夫妇同车。六时抵塘沽，以装运行李事托付大清通运公司，即至开平局码头搭乘招商局汽船新裕号。夜，月色皎白，白河风寒。

九日，朝八时，船离码头。以数日来肠胃不适，虽海上甚平稳，而心气殊恶，午餐作罢。晚仅进汤与面包，起卧皆在舱内。夜，月色皎然。

十日，凌晨一时船抵芝罘。朝八时，上陆访高垣氏，托以发上海堀氏电报事。访水野领事，适病，未遇。赴邮局。承高垣氏好意，换取银元。又至高桥洋行访丘襄二氏，氏曾让水野领事转托通信事。晤鹤冈永五郎。逾十时，归船。此日池部书记生赴任南京，寺内邮递员赴任上海，故得同船。正午，船发芝罘，见刘铁云夫妇亦搭乘新丰号。午后三时半过威海卫。风日稳和，始补记十数日之日记。夜八时，绕过山东角，南向。月明如昼。

十一日，仍风和日丽，然船颇摇晃。早餐作罢。午、晚餐命送至舱内。午后四五时顷，见海水已转为黄浊。

十二日，晨四时，船至长江口。六时，因瓦斯，少停。九时抵上海招商局码头。为宫岛雇马车。予亦自雇一马车，投武昌路和乐里本社特派员堀扶桑氏宅。途遇佐原笃介氏，遂同至堀氏处。取浴，午餐。整理发本社之通信至夜半。

十三日，佐原氏午前来。至邮局。于长井行氏处领取汇款。理发。午后，宫岛氏、藤田剑峰氏及另一人来访。偕堀氏驱马车访小田切领事，晤阪口、篠崎二氏。又访白岩龙平氏，复去，访罗振玉氏。夜，访狩野君山，晤立花文学士、篠崎医生。

十四日，午前，狩野君山、罗叔韫来访。既而藤田剑峰亦来。午后三时，偕狩野、堀氏乘马车至桂墅里同文书院，访池谦次郎氏，又晤学生隅野某氏。归途至《沪报》馆访文实甫，未遇，去。至《中外日报》馆访汪穰卿，又未遇，与其弟谈，归。过千顷堂书肆，归。

十五日，午前，白岩、河野二氏来访。书肆千顷堂送书来。访罗叔韫，彼因作观宁波天一阁之介绍书，不在，留一书，归。午后，狩野氏来。访宫岛氏，不在。途中购袜。又访藤田氏，亦不在。夜，访宫岛氏，谈同游宁波事。

十六日，午时访罗叔韫，叔韫以不识天一阁主，而谋之张某，张亦云不识，不得已，遂决意直接赴宁波。叔韫为予作伐，作书致绍兴陶心云、徐显民，适遇徐显民过访罗氏，徐氏即作介绍书致冯梦香，辞归。午餐后出发。由招商码头搭汽船江天号。同行者为宫岛、狩野、堀三氏，中国仆佣、随从二。午后五时出帆。是夜月色甚佳。

十七日，朝七时，船已在宁波之鄞江，下船，投宿永仪公旅舍。赁轿赴天一阁，轿夫误至天后宫，复命赴阁。阁非旧构。谓观其书须得道台介绍。即赴道台衙门，求见宁绍道台惠森（字树滋）。称病不见。彼着人至天一阁照会观书事，多以管书人不在拒之。乃返永仪公，午餐。复至卢氏抱经楼。卢氏亦以其管书人不在拒之。遂欲访崇实书院，轿夫误至中西学堂，一览学堂，去。至日新街之书肆汲绠斋等，购书，归。

十八日，雨至。书铺老板携书来。宫岛氏等出观木厂，予独留。午后五时，狩野氏乘汽船北京号归上海。夜，予等三人赁民船往余姚。六时上船，十时发。

十九日，朝，船至邵家渡，去宁波不过三十里。宁波、余姚间有小汽船通航，永仪公老板谓民船便利，且一夕即可抵达，故赁此民船。今始知为其诓骗。午后船发，甚寒。晚亦仅至太隐，泊。夜半候潮至，发。

廿日，朝抵余姚。朝餐后，下船，雇一向导，登城内之龙泉山，拜王阳明祠、严子陵祠。山望之甚佳。观山下之龙泉寺。上船。午后二时船发，逾河坝凡三次。过夜半，抵百官。

廿一日，于百官弃船，步行过曹娥江。在曹娥渡口另换一船，发。增船夫一人。逾河坝一次。夜逾八时，抵绍兴。

廿二日，下船，访徐氏，地方之豪族也。一少年名世保，字佑长，谓能言法语，款待甚至。晤冯一梅氏，冯氏乃徐氏藏书之古越藏书楼掌管人也。承徐氏飨以午餐。何豫材氏亦至，府学教授也。午后五时，观古越藏书楼，又承徐氏飨以晚餐，辞其款留，归船，即促船夫发。（是日无暇，未能一访陶心云氏。）

廿三日，朝，船至萧山。迨及午前十一时，抵西兴。弃船赁轿，以船渡钱塘江。午后一时半，抵杭州领事馆。书记生岸仓松氏与予同县，乃庄司乙吉氏之友，故款接甚至。至日文学堂访伊藤贤道氏，晤之，归，取浴。是夜，上海之警备军舰和泉、爱宕二舰，舰长在内共七八人，亦来投领事馆，与之共进晚餐。

廿四日，朝，与岸氏、大河平副领事商谈。文案胡蓉伯系此地藏书家，且与文澜阁有关系，以其与丁氏为亲友，故以一览丁氏藏书及文澜阁事相托。胡氏即携予至丁氏处，观其藏书楼，计宋、元版本在内，当在十万卷内外。午后一时归领事馆，午餐。适遇伊藤君来，因与其至书肆问经堂购书，归途，于官书局购书。（是日，宫岛、堀二氏赴西湖。）

廿五日，丁氏做向导观文澜阁，因借径领事馆门赴西湖，由钱塘门赁舟至文澜阁，得以毕观计《四库全书》在内之藏书。赴蚕学馆教习西原氏处，夫人出迎接待。少时，宫岛、堀二氏与西原氏自灵隐归。承其飨以午餐。又赴孤山至俞楼，曲园翁是日去苏州，不在。购石刻本数种。再至文澜阁，宫岛作内外摄影。由此赴蚕学馆教习前岛氏招请之晚餐。夜深，偕宫岛氏归领事馆。（海军士官此日归沪云。)

廿六日，午前再偕宫岛氏赴丁氏处，观其藏书并摄影其藏书楼。归途与伊藤氏辞别。归领事馆，堀氏亦甫自西湖归，在。午餐。赁舟赴拱宸桥，宫岛氏犹滞留领事馆。岸氏送至拱宸桥。晤河野氏于大东轮船杭局，即搭乘其小汽船，午后五时发。

廿七日，午后三时，船抵上海大东码头，步归堀氏之社宅，取浴。

廿八日，狩野氏来访。

廿九日，访罗氏，不在，转访刘铁云。归途于扫叶书房购书，归。午后再访罗氏，晤之。夜，立花氏来访。

三十日，雨。午时赴白岩氏丰阳馆之邀宴。晤宫阪九郎、汪康年二氏。晚于杏花楼宴请上海绅士绅商，与席者三十人内外。

三十一日，书肆千顷堂来，办购书事。出，购书籍碑本等。晚，赴江南村罗氏邀宴。夜，取浴。(宫岛氏是日归苏州云。)

三十六年一月一日，朝，佐原氏来。赴领事馆，探访井原氏之病，晤其夫人。晤小田切领事、宫岛长仓及其他诸氏。归途偕宫岛赴其寓常磐。午餐。夜，宴请汪康年、刘铁云、夏曾佑、罗振玉、文廷华诸氏于杏花楼。

二日，书肆千顷堂来，办书籍包絜事。夜赴九华楼汪康年、文廷华二氏之邀宴。归途由堀氏做向导，观广东人之烟花窝。

三日，午前，出，购物，且访罗氏。午时赴阿斯托·豪斯[①]小田切领事招请之午餐，晤日置外务书记官、山本三井支店长。归途至井上照相馆照相。偕堀、狩野二氏同出。赴狩野旅舍，又偕堀氏，三人同赴军舰和泉号之邀宴，于领事馆前搭小汽轮至和泉号。席间有水兵之演戏。六时归。即至公阳里名妓盛月娥家，赴刘铁云之邀宴。毕，归，已十时矣。取浴，就寝。

四日，午前，出，购物，又访藤田氏，归。午餐后，投宿西京丸。汪康年氏、宫岛氏、神崎藤一氏、佐原氏等来，送行至社宅。其余至码头送行者数十人。船中得晤负责博览会江南出品事务、正待赴日本之栗林太郎氏。

五日，海上虽觉平稳，然数日来宴会频仍，颇伤胃，故于被褥中取食。晤因江南出品事赴大阪之查步高氏。

六日，朝，船抵长崎，风雨及霰兼至。栗林氏由此登岸，山本静也氏来迎，一同下船。赴邮局访川村竹治氏，因未来，欲访其家，于途中遇之，因又至邮局，谈少时，离去。至其家，得见川村氏之父俊治翁及川村夫人，既而竹治氏亦至，承飨以屠苏酒饼，出，同赴迎阳亭，以赴山

① 某西餐馆名之译音，原文未详。

本氏之招请。午餐后，以川村氏所备之小汽船登船，午后四时发。因风浪愈益暴烈，遂归泊长崎港外。

七日，朝，船发，风浪甚急，呻吟舱中。入门司，月色佳矣。

八日，朝，安斋、斋藤二氏来迎。以小汽船至马关安斋氏宅，得见其家人，少憩，复以小汽船归船。二氏来送。此日风日晴和。午前十一时船发。

游清杂信[1]

① 这组通信，系内藤湖南明治三十五年(1902年)十月至翌年一月间作第二次中国游历期间所写，故可与撰于同时并已收入本书之《禹域鸿爪后记》等参读。

发自营口(十月二十六日)

拜启：

十一日旅顺出发，抵答尔尼，因在此等候驻旅顺露国参谋部指令，费四日。得侨居答尔尼诸位之款待。十五日答尔尼发，十七日夜抵哈尔滨。十九日夜哈尔滨发，二十一日抵奉天，作四日之逗留。昨夜深更抵达此地，在火车站候车室熬过一夜，今朝始入侨居地。一路颇受露国官员猜视，所幸无事。在奉天，意外发现东洋学上极有价值之物（然未能入手），另获得满洲研究之诸多线索。计划今日在此做一日逗留，由榆营铁道前往秦皇岛，当于二十九日顷抵达天津。可在天津费一二日作详细之纪行。奉天之宫殿，以露军防禁甚严，未获一见，幸而得到照片，亦堪作为珍贵礼物，在天津俟机赠人。瞻南君、三山君之作中国游，必以名画为增添兴致之物，虽有此例在先，然彼等犹未获得过此类照片，不佞兢兢于照片之采集，想来在这方面亦有所补偿矣。近日种种委细，可述者惟行程之大略而已，草草如上，余不一一。

(明治三十五年十一月五日[①])

发自燕京(十一月七日夜)

编辑诸君：

不佞在天津过天长节：列席侨民盛大祝贺会，赴领事馆招请之盛大晚会。所到之处，颇为战争而惊叹。复又邂逅户水博士，聆听其豪壮痛快之蒙古旅行谈及东亚经历谈。旧友方药雨，以太康八年之古甄、东周列国时代古陶器片及珍奇之金石拓本相赠。购得李斯琅琊台残石之完好拓本。昨日，即六日，暂先入燕京，于苏州胡同社址，承牧放浪君及娇美新夫人款待。预期前往者若张家口，因热河之旅时日迫切，多半只得作罢。筹谋前往世人迄未探访之房山石经洞，以为代偿，为此已约定同好之人，成行与否，两三日后当可决定。此外之可述者，即满洲纪行，当嗣后俟机详记，再一一送致。近日为燕京年中最佳季节，虽朝夕稍感寒意，然日中颇暖。入京二日，风既不作，亦

① 文末所注日期系《大阪朝日新闻》刊载日期，以下同。

无闻名之尘埃飞扬，晴空一碧如洗，时闻鸽哨鸣銮，令人心旷神怡。更何况，有放浪君相携以关系暧昧、人称“如夫人”之美女，尽情享乐之态，可供从容观赏。然天公不作美者，因诸君从中促狭作弄，此信虽见载于报端，然寄达燕京时，不佞已杳然前往吴会之间矣，故不惮冒渎，絮叨如斯，以便为放浪君留下一份内证。匆匆不一。

湖南生

再白：甫抵燕京时，野口宁斋兄之书信亦已寄达。

天高气爽，宜出游之佳时也，北则寄慨沙白草黄，南则骋怀蓼红茑紫，所羡者，在健者之秋兴，且先祈以一路平安。符咒二首，聊供笑览：

云涛青淼淼，　天地正高秋。
王霸三千载，　衣冠四百州。
燃犀开巨眼，　积突抱深忧。
书剑平生志，　元非汗漫游。

安刘人逝矣，　哀计冷西风。
只手回澜志，　衰躯贯日忠。
将军羊叔度，　国老狄司空。

君到金陵日， 泪溅秋色中。

岘庄[1]之死，或无关大局，以其身后犹有领袖人物在之缘故。今日忽起联翩浮想，一至于此，草草顿首。

此番置身俗不可耐之旅途，和韵之事正复难矣哉！只得困窘搁笔。

（十一月十五日）

发 自 北 京

编辑诸位：

十八日起，不佞偕公使馆书记官郑君及农商务技师宫岛君同赴房山县，以观览著名之小西天石经洞。自《今昔物语》以来，吾邦人无不闻知其名声，却迄未有前来探检者。寻绎旧址，于岩石上亲睹现存吾邦之《因果经》等天平年间[2]写经原物，眼目不禁为古石经所震惊。复翻越险岭，攀登上山之石梯，一览云水洞钟乳岩之奇异万状。至保定，应立花陆军少佐及学校司之邀，得以与诸新雨旧知相

---

① 晚清名臣刘坤一(1830—1902)，字岘庄。1855 年入湘军，历任广西布政使，江西巡抚，两江总督兼南洋通商大臣等。

② 日本圣武天皇纪年，为公元 8 世纪 30 年代。

晤。二十二日归京。为晋谒二、三王大臣，淹留至今。已于二十六日谒见肃亲王。今日午后已有约在先，拜见管学大臣张百熙氏。燕京朝廷第一权臣荣禄氏处，亦已由公使馆作伐，商请拜谒之期。一俟此处谒见结束，即赴天津，完成二三项亟待完成之调查，预定来月初旬即可赴上海矣。在此有过一番酬酢交往者，则还有身负清国当今一流史家名声之沈子培君，及以藏书、收藏古董而闻名之刘铁云君，而与曹廷杰氏，则亦有书肆邂逅、结交之奇遇，彼十七年前所著《西伯利东偏纪要》，即于特林二明碑及尼阔里斯克日本碑，作有饶具裨益之记述。沈君所馈之《西夏感通塔碑》、《吐蕃会盟碑》，乃史上极有价值之奇品，归朝后，当可在同人间炫耀一番。因素有蒙古之癖好，故元朝耶律铸之《双溪醉意集》及汪大渊之《岛夷志略》二书，亦由刘君处借得，正在阅览。明代陈诚之《使西域记》，则已获抄写。虽然，犹有三分之一之调查，迄未完成。又因归期迫在眉睫，昨今两日，均忙于邀客及赴招，殊多遗憾。尤以昨日临赴守备军将校送迎会，照例得见特别输入品之奇异行列，忙碌中亦自有其不浅之兴味在矣。不佞前日记述滞留燕京情形信函，均见载于已寄达之报端，故大可缄口。此番决计力摒玩世不恭之态度，而书函一旦冗长，终不免口无遮拦，故暂且就此打住。北京亦渐趋寒冷，晨起已见薄冰。诗乃奉和宁斋君之韵而作，因满洲旅行故，仅成一首。

又为超海客，书剑动逢秋；
金迹来流水，明边自在州。
岂存投笔志，难释抱薪忧；
一夜望星月，怆然感浪游。

旅行记虽颇延迟，然所作记述，务求确实可靠，故随后将渐次进入瓦斯问题之高潮期矣。匆匆不一。

十一月二十九日　湖南生

（十二月十二日）

发自上海

编辑诸位：

不佞十一月二十九日面晤张管学大臣后，三十日访顺天府丞李木斋（盛铎），一叙旧情。十二月一日，遣差牧君家臣名森宇[①]者，冠官帽，乘马，至荣禄氏邸探询谒见之期，得知氏在郊外别庄，病患尚未全愈，谒见之事遂不得不作罢，可惜。此日午后至骡马市大街之大学堂编译局，访新任教习之清国第一流舆地学家邹沅帆（代钧）氏，笔谈数刻。复又寻访同在一局之《光绪会计录》著者

① 此处为读音，原名未详。

李亦元，适值其外出，未遇。又访沈子培氏，与其叙别。二日，乘午前十一时三十五分列车，于北京初雪中，偕牧君及《东京日日新闻》松岛君同赴天津。逗留天津期间，得值袁总督亦于其时返津，闻彼事务匆忙，且罹患感冒，多不见客，复改变计划，访北洋商务支柱，与南方盛宣怀有对举并称声誉之张燕谋侍郎（翼），适值此地一大问题之唐山煤矿骚动事件，因就该事件等加以询问。此外得以会见之中国人士，尚有不久前过访吾邦之严范孙太史（修）[①]及前些年曾会见之严又陵（复）二氏。走访之吾邦人士，则有佃顾问及原田中佐等。在天津商谈会上做满洲旅行谈。八日天津发，搭招商局汽船新裕号，今日抵上海。天津四日大风，微雪，五日寒气凌厉，至华氏寒暖计冰点下三四度，日中暖和时亦有三十四五度左右。芝罘燠暖，与之有二十度之温差。上海较芝罘则又燠暖十度。哈尔滨十月之十八九日，营口二十八日，即已见冰。至纬度相差十五度之上海，此番渐次南下之旅行，换言之，或可称为冰雪相送之旅行矣。与冰雪相送之同时，此番旅行复

① 严修(1860—1929),1894 年以翰林院编修出为贵州学政。1897 年上奏提议开经济特科,为戊戌变法重大改革事项之一。戊戌政变后,回天津办女学堂。曾两赴日本考察教育。1902 年,应袁世凯之邀,任直隶学校司督办。1905 年,清朝成立学部,任侍郎。至袁世凯组织内阁,任学部大臣。为清末教育改革的主要实践者和领导者。后创办南开中学、南开大学。

有渐次相迎之热闹者，此热闹者，毋庸赘言，即新夫人是也。最先为大连丸船中加藤仁川领事夫人，其次为北京之牧君夫人，今番则为上海之堀井夫人，虽皆事不关己，然终觉亲切之佳妙事也。……明晨寻访白岩君，与之商谈大东航路船班事，嗣后则欲往杭州，颇思一睹文澜阁。甫入上海，即遇雨，雨之为物，乃旅途易生悲愁之快感，于郁陶处兴味不减者也。絮叨间，雨滴益转强，颇为明日之奔走担忧。匆匆不一。

十二月十二日　于上海　湖南生

再发自上海（一月三日发）

编辑诸位：

先致新年庆贺！

不佞由天津抵达此地，作四日之逗留。中国人中，与旧友罗叔韫氏（振玉）相晤，犹获金石古书方面颇有价值之材料，并获赠瓦当一枚，据氏相告，宁波旧藏书家范氏天一阁及卢氏抱经楼，今均收藏瓦当。因氏特意馈赠之四册天一阁现存书目，加以彼处本为吾邦筹划设领事分馆之所在，故颇生浙东之游兴趣，并询及路程诸事。博爱丸二十七日发，时间似尚有余裕，即偕宫岛农商务技师、狩野直喜君、本社之堀君及中国仆役二人，于十六日晚搭乘汽船江天号赴宁波，翌晨抵达。然天一阁管书者不在云，虽经宁波道台惠树滋氏（森）作伐斡旋，仍遭拒。抱经楼处亦如出一辙。大失所望。狩野君径由此折返上海，其余三人则自十八日起，始作内河旅行，然此行亦颇失败。宁波、余姚间通小轮船，然因轻信旅宿之言，彼谓民船一夜即可抵达，故冒失雇民船前往钱塘附近之西兴。本以为至余姚仅需一夜，然实费时二昼夜。至曹娥渡，内河路线即被阻断，需换船续行。见宁波之船夫，作揖拜托，移入一极粗劣之船中，寒冷且污秽。浙东地方，所谓山阴道中，水送山迎，俨若吾邦之乡村，其不类大陆处，殊有趣味。自王阳明始，浙东学派与风土之关系，遂成为极有趣之现象，无奈寒冷难耐，日夜蛰伏于船篷间，未能以从容之时间玩赏流连之快乐，甚憾。至余姚，赴龙泉山拜谒阳明先生及严子陵祠。在绍兴，至徐观察家，大受款待。离开宁波之第六日，抵杭州。观文澜阁《四库全书》及号称浙江首屈一指之丁氏千卷楼，有藏书十万内外。此行之一大收获，乃从丁氏藏书中得见吾邦阙如之《元典章》等类，并已着手借抄。宋、元版二百余种，其他明版、古抄之善本两千余种，皆非寻常可见者也。所观文澜阁《四库全书》，则须另作精细之记述，自不待言。届时，丁氏藏书亦将一并附记之。丁氏与今之文澜阁关系颇深。此一路之产业调查，因堀君事先掌握有调查资料，故均由其提供，一并揉入游历纪事中，呈上。二十七日自杭州归抵此地时，博爱丸已于是日启碇出帆，遂只得在此迎候新年，改乘来日之西京丸归朝矣。预定八日之旅程，实费时十二日，致使在此等候之堀君新夫人焦虑万分。此番彼至天津与堀君成婚后，即遇新婚后第一次别离，遂酿成此重罪孽。在上海，自三十日至今，邀宴络绎不绝，今日即有三处应酬，如是，海中晕船必不可免，罪业障灭愈发深重，则自是预料中事也。尤承刘铁云氏之厚意，得以亲聆上海第一琵琶名手盛月娥指法及昆曲状元张五宝嗓音。另，亦略收集得《黑鞑事略》等珍籍。一周之内即可归社，诸般琐细，且待拜见时再叙。匆匆不宣。

湖南生

（明治三十六年一月十四日）

游清记别记·京津访问记[1]

① 此记系内藤湖南明治三十五年(1902 年)十月至翌年一月间作第二次中国游历期间所撰,可与撰于同时并已收入本书之《禹域鸿爪后记》、《游清杂信》参读。

此番出游,余所预定之目标为:北京一地,访宗室中最负盛名之肃亲王,最具实权之大臣荣禄氏及热心施行新学制之张百熙氏;天津一地,访总督袁世凯氏,开平矿物有限公司督办及北洋商业界实力人物张翼氏:以成功者其三,未成功者其二而告终。肃亲王与荣中堂,皆由松井代理公使作伐。肃亲王处,即日便获允诺,通译亦由其自备,且谓可候至晚九时顷云。当日公使馆遣人来,告知如上。因仅传口信:“今天去不去?”终不得要领,再致询问,则已夜深,无奈之下,遂只得延至翌日矣。以是之故,亲王复又托警务学堂之川岛浪速君,催问何时造访。即于二十六日午后四时拜访王府,遂得以顺利谒见。荣中堂处之回复,较公使馆之预想,亦无甚碍难。彼谓:内藤君求见,正欲一晤,无奈目下仍在患病休假中,只得待至十月底或十一月初(清历)销假后。余北京滞留期间,彼尚在郊外别墅,故余不及等待彼归邸即得离去。张百熙氏,端赖北京大学教习服部博士引荐，彼亦系自备通译者，故面晤殊无碍难处。余入天津，适值袁世凯氏回原籍葬亲。余由北京下天津，逾一日，得见其自原籍返。然终因彼有微恙，且倥偬异常，未得暇拜会。而劳烦伊集院总领事另为介绍之张侍郎，访之颇觉有趣，殊出意外，盖反奏访问之功矣。是为京津访问记之绪言。

偕牧君谒肃亲王乃十一月二十六日事，原约定烦请《顺天时报》山本泷四郎兼任通译一职，然因是日山本君有事，未果，遂邀于福公司（即北京辛迪加）总办刘铁云氏招请宴会上结识之陆曾舆氏（曾以毓朗将军随员身份赴吾邦，早稻田出身），同赴肃王府，恰值陆氏正是昨夜在肃王府迎候招待我等之人。王府在东四牌楼船板胡同。虽宏畅，却并不华丽，若其客厅，则仅毫无装饰之极大一室而已。通名刺，被引至客厅。年约十八九岁之王世子先出应接。不旋踵，亲王亦出。不听余等力辞，以清国礼，让余等据上座，自就最下座，致礼。亲王及王世子，风采皆极拙朴，尤以亲王为甚。彼对身份地位之等级，似毫不措意，极平民化。其谈话亦极快豁。作微笑时，则洋溢以一种爱娇。余谓：清朝历世之宗室，有一种异乎前代之美风，洪业初创时之大贝勒等，顺治之摄政睿亲王，雍正之怡贤亲王，及能书之成亲王，著有《啸亭杂录》之礼亲王，晚近则自咸丰以来之恭、醇二亲王等，均以有才，辅翼王室，近时殿下等亦最热心改革之政。思及敝国维新初时，皇族中亦多有效力者，此诚贵国之幸事也。亲王答曰：不敢当。因问及殿下近期是否有作海外漫游打算？亲王对曰：虽颇存此想，然吾邦政策未有一定，故尚非轻易即能实施者，遗憾。只是王世子及二王子、三王子频望游学海外，想来实遂其志，当为时匪远。余进而问及，倘如是，则欲游学何国？亲王答曰：世子以年长，殊难久居海外，且亦不欲其远离，故游学首选贵国（即吾邦）。二子、三子皆切望游学英国。若能成行，则想命三子一并入学警务学堂，学贵国语及英语等。牧君则谓：贵国之改革，似可视为最初之长足进步，近顷似稍不如初，颇多滞凝之疑，欲就此请教尊见。亲王反复称说：政策未有一定，实吾邦目下之患也。复曰：此番回銮[①]后，局面恢复之过于轻易，致使当局惰气滋蔓。虽然，君不见，今年八月后，改革之业似又稍稍出现进步之兆候乎？余询之：以亲王殿下高见，若改革事业欲获得如愿之进展，当从何处最先着手？彼答曰：首先在于使官吏识得羞耻，其次当知精神乃必不可少之物，此二事，敝国之所最为匮乏，亦最所急需者。然积习之最难除者，莫过于老人壅塞要路一项。故而亲王踌躇再三，神色黯

① 庚子事变（1900 年），八国联军入京，逼使“车驾西狩”，翌年签订《辛丑条约》，慈禧与光绪始得返回北京。

然道：最所急需者，乃非等此类老人之死去不可也。余表示赞同亲王排除老人之意见，并以敝国亦有此类事相告。复又请教殿下现今承担何种管理之职。彼谓步军统领衙门（即警视总监之职）及宗人府，此外尚有多种。因承揽过多，故近时力辞之。牧君即因之戏言道，传闻将由工巡局负责道路之修缮，出于颇为街衢之不良及尘埃所苦之余等侨居者计，甚望尽先安排此等修理。亲王亦打趣道，不惟诸君，余亦同样为彼所苦，亟欲尽快着手，然而最感支绌者为经费一端，甚无奈也。余又简要述及此次满洲旅行之次第。苦于俄国兵士侦视，未能获充分之视察，以及某日拜谒太宗文皇帝昭陵，见一队俄国兵士在陵内伐樵，为之痛心不已。亲王闻言，面呈颦蹙之色，道：管理奉天者究系何人？作为地方官，实罪不可恕！于余等所做之种种叙述间，亲王亦屡表谦逊道：余不才，诸事须待贵国人等指教。闻先前曾有一邦人，于来访之际甫一谈及政事，亲王即口称今日有公事，离席而去云。然是日宾主融洽，始终以极温和之态度相酬对，并询及牧君曾学过清国语否。牧君则答曰：稍稍学过，然修业尚未臻达与亲王殿下对话之程度。亲王谓：至言语所不逮处，可补之以笔谈。此余等所最感幸运者矣。后即以余将数日内就归途，若牧君驻留北京，当再做拜访相告。临辞别之际，复又恳请道：亟愿殿下挥毫，以作今日拜谒之纪念，绢素随后即呈上。亲王则谓绢素手头即有，不必再送，遂问及二人字号。翌日即托川岛君，惠赐余二人长条幅各两通，且由王世子亲自送至川岛君处，谓：闻内藤氏启程在即，望即转致送达。其不修饰门面者一至于此，实出乎意想。

肃亲王又乃最具廉洁美德之人，旧邸尝因八国联军悉遭破坏，蒙受异常惨重之损失，其后任命为崇文门监督，即北京入市税长官，亦暗中含有补偿亲王之意。然亲王在任期间中饱之弊最少，入市税收金额之多，均为此前得未曾有。亲王最喜容纳人才，在目下持维新理念之一派中最负瞩望。职是之故，各色人物麇集门下，至有动辄即为朝廷所不悦之势。然目下清国时局，极富破除门面之美质，抱持豁达宏远理想之有若亲王者，实为其最所急需之事。亲王年龄，似在四十五六岁间。

（明治三十五年十二月二十二日）

中国观察记[1]

① 此记作于大正六年(1918 年)秋季,内藤湖南与稻叶岩吉、高桥本吉同游中国之际,由北京寄《大阪朝日新闻》发表。

一

编辑诸位：

不佞未到北京已有七年，未到上海已有十五年，而不览长江，实已有十八年。其间因做专门之学术调查，亦曾一度至满洲地方公差，然而一般之考察不得实遂者，则已久矣夫。此番获此机会，得以久疏出国者重温旧功课之心情，于十月二十一日离开京都寓所，至二十四日抵达青岛，现就其后所作之中国各地巡游，陈告如下：

青岛虽属初次游历，然而几无可特别奉告之事。即如德意志所经营之街市，倘与露西亚营造之大连街市相比，毋宁显得粗糙，不足引人惊奇。只是德意志在其租借地内所实施之植造树林之举，使人感触良多。若俟以十年，无水之河有望清泉流淌矣……

二十八日离开青岛。出发之际，不佞等所乘坐之列车脱轨，幸而一行均平安无事。当日抵潍县时间则延误矣。此日及翌日之二十九日，两度拜访有名之陈寿卿[①]，得以一览书画铜器。此家铜器精品原本甚夥，以收藏万枚古铜印而闻名。然而此等宝物多已运往北京，故而今日除不甚精良之铜器外，已不得一见矣。书画中，有甚为珍奇之金冬心佛画。得晤寿卿曾孙数人，内有见识过拙著《清朝书画谱》者云。承寿卿惠赠对联，辞去。抵济南。

三十日，济南，晤暌违十五年之山东省长公署内务科长姚朋图氏，共叙阔别。此地有第四十七旅旅长兼济南镇守使之马良氏者，闻其对中国传统武艺素有研究，并将之应用于实际练习兵卒，故访之，得以尽览十数番演技，颇类不佞曾数度观赏之中国演剧术。有单人表演，有双人表演，其技艺之谙熟神速，令人感佩。作为机械体操之一种，诚有益也，且远较机械体操之有兴味。虽其于实战究有何等效果，又自为一疑问，然近来学校之体操课采用此

---

① 陈介祺(1813—1884)，金石学家。字寿卿，号簠斋等。山东潍县(今潍坊)人。道光二十五年(1845年)进士，翰林院编修。嗜好收藏，铜器、玺印、石刻、陶器、砖瓦、造像等无不搜集。精于鉴赏，尤擅墨拓技艺，其手拓铜器、陶、玺、石刻等拓片享有盛名。其所收藏的汉代纪年铜镜、淮阳玉玺等大批古代玺印，都是同类文物中的精品。精于金石文字考证及器物辨伪。著有《簠斋传古别录》、《簠斋藏古目》、《簠斋藏古册目并题记》、《簠斋藏镜全目钞本》、《簠斋吉金录》、《十钟山房印举》、《簠斋藏古玉印谱》、《封泥考略》(与吴式芬合辑)等。

等武艺，绝非全无意义之举。承马将军馈赠有关武艺之书籍，乃将军所自著者。马将军亦嗜书法，风格之奇特，实在吾邦中村不折[①]氏之上。不佞亦回赠以名笔。

（大正六年十二月十六日《大阪朝日新闻》朝刊）

二

编辑诸位：

不佞于济南最所感佩者，为英、美教会联手建立之博物馆与学校。如采用极卑近而简明之方法，令普通人民获得新知识之博物馆者，将实施植树造林与否与水灾之能否避免，以模型加以比较展示，诸如此类，当可见出其思虑之亲切，察知其顾及普通人智力程度之苦心。闻观览免费，全年观览者人数，实已逾数十万之众。即不佞亲眼所见之入场者，似亦有为数甚众之无知无识农民，当可想见其裨益于知识开发，居功至伟。该博物馆名为广智院，邻

---

① 中村不折(1868—1943)，日本画家、书法家、收藏家。年轻时习油画，曾留学法国；回国后从真壁云卿习南画。1895 年获《淳化阁法帖》，自此对收集中国书画产生浓厚兴趣，并陆续得到清末新疆、甘肃地方官员等所藏敦煌吐鲁番写本。1936 年，以自家私宅在东京创建书道博物馆，展览其书法及收藏的历代书法文物，包括甲骨、青铜、石碑、镜铭、法帖、墨迹、文件、经卷等，是研究日本、中国书法史料的重要场所。编著有《禹域出土书法墨宝源流考》等。

近有一医科大学，为其附属医院，学校之程度，与吾邦医学专门学校相比，虽稍觉低下，然以中国语授徒教学。医院清洁周至，其清洁程度，虽吾邦大学及专门学校之附属医院，亦殊难一见。相传远古时代，舜辍耕历山之下，济南即位于历山下，故有历下之名。今日历山山麓，英、美教会正兴建一理科大学，其中一部分已开设课程。教会当初计划在青州设一文科大学，且纠合济南之大学，以与德意志所办之青岛大学相抗衡，然时至近日，又有归并青州文科于济南之变化。概言之，近来中国青年会与英、美教会联手之事业，于教育规模之巨大及见效之迟微，早已有所准备，其以不屈不挠精神播布文明之姿态，自应引人注目。自邦人占领山东铁道沿线地区后，势力骤获扩展，然此一结果纯系收购制钱所致，一俟美国做出限制铜钱之举，则中国银价势必腾贵，以是之故，收购制钱事如今已完全中止，景气衰疲之风则四处劲吹。令人殊感惊骇者，如位于淄川煤矿支线分叉处之张店，原为荒野，不见一舍一屋，后因制钱火爆，遽成一数百户之街市，然时至今日，复又悉数沦为不见一人之空室，其盛衰，甚宛梦境。然收购制钱在山东以外地方，一变而为中国商人之惯习，此一受日本影响之效果，自不应熟视无睹。关于此事，他日当有重加说明之机会。

在济南过天长节。是夜济南出发，由津浦线赴泰安，欲登泰山。夜半抵泰安府，在车站长椅上挨过寒冷一夜。翌日一早，天未明，即雇一照例粗粝之中国轿子，始登泰山。一行人，皆自日本出发之日起便始终一路结伴同行者，有代议士高桥本吉氏，稻叶君山氏，济南守备军山口事务官，及武冈所嘱托之另一人，此外，尚有中国人向导。泰山山中之奇景，上下六千余级石磴之情状，终非此等短篇纪行所能尽述，兹处从略。山虽称五千余尺，实际不足此数。虽然，山巅一望，所见之景色，真乃有小天下之概，至此惟有称其为绝境而已。山上唐玄宗纪泰山铭刻石令人惊骇。下山，诣泰安府中之岱庙。此处所存，有秦李斯十字残碑，乃金石学上极贵重之物。

（十二月十七日）

三

薄暮归抵泰安车站，搭夜行列车至曲阜。是夜宿曲阜车站内之铁道旅馆。名虽美，实则乃无人招待之旅馆，两间寝室，将散乱四处之椅子拼凑起来，一行人仅入梦三四小时耳。曲阜县在距车站东南约十公里处，城内有孔庙与衍圣公府，城外有圣林，即孔子及孔氏家族之墓地。参拜过各处，顺利归抵车站，已是日没西山、同行之面容明灭难辨之时。

夜半复乘津浦线急行列车，翌日之三日午后抵浦口，即渡长江，抵南京。四日游睽违既久之南京。明太祖孝陵虽一如旧日所见，然明故宫城墙则已遭拆毁，踪影全无。询之以人，则谓古瓦等物已为政府出售殆尽云。见此中国人勇于破坏旧物之情状，不佞实深感震惊。南京与十八年前所见时已迥然不同，户数明显增加，街市更加繁华，尤其如下关者，已成一铁道联络枢纽及轮船出入港之颇见气派之街市。因思南京作为商业地，似无重大价值处，下关之殷实繁华，岂惟在于交通枢纽之转移，致其从其他地方夺来繁荣者乎？ 若以之就正于通悉情况之人，即可知近年镇江明显衰微实由其所引起之为不假矣。由交通枢纽转移所导致之地方盛衰，除此之外，还不乏其他实例。如津浦线上之蚌埠，近来亦因倪嗣冲之驻屯而颇为闻名，昔日则是黯然无闻之地。今日铁道，渡淮河之铁桥近旁，得见此新生之都市，亦题中应有之义。而其附近本为自古闻名之临淮关，今则发现其繁华已为蚌埠所褫夺。此又一实例也。

在南京，五日，拜会督军李纯氏。当时正值南北调停之说初萌之际，故乘一时兴头前去拜会。不佞就英、美教会在此地设立之著名金陵大学为题，与之交谈，李将军以自己乃军人出身为由，对此等话题似不甚留意。后以明故宫城墙破坏一事询之，彼似对此一问题更不措意。于此足可察知近来一般中国人之心理状态矣。

（十二月十九日）

四

编辑诸位：

不佞在上海自十一月五日逗留至十七日。其间亦曾外出，作杭州、苏州之游览。在上海，曾拜访南方派人物岑春煊氏。还曾受孙洪伊氏邀请，谓务必聚上一面云。此人近来被目为南方骚乱之策源。惜因游览苏州，错失机会，遗憾。此外，则还晤见被人目为宗社党之沈子培、郑苏戡两氏，然而均属于文学方面之谈话，未曾涉及政治事宜。上海作为中国领土之一部分虽确凿无疑，然而实际上却不为中国所管辖，似可视若列国共同打制之一小型独立国。作为东洋最大贸易港之一，上海本当发挥其和平摇篮之作用，而事实上却往往成为骚乱之发源地。栖居此地之中国人，自身既无归属中国之国民观念，故似可称为居住于小独立国之半个外国人。而栖居此地之外国人，对于中国之骚乱，兴味似远胜于其对中国和平之挚爱。观测其大势，与其以极自由无羁视之，毋宁以散漫慵懒视之为宜。一旦离开上海，前往苏州、杭州，或南京、汉口，则气氛全然迥异。迨言及中部中国，言及长江一带，似乎每每以上海为龙头，而实际上，与其说上海代表中国，毋宁称其为一代表东洋全体放纵分子之地，与中国其他地方全然无所关涉之地，而来自此地之种种报道，皆受此氛围之支配。因而报纸读者在捧读来自上海之电报时，须对此特别加以留意才是。尤有甚者，此一小世界俨然为一原生动物，为一莫辨头尾、混沌整一之有机体，而感觉却异常敏锐，举凡事关中国治乱之预兆，总能最先作出领悟，又总能最先将此领悟传布至周边。此点亦一并给人以深刻之印象。

杭州之令人惊讶者，乃濒临西湖之城墙所遭受之破坏，以及为开放驻防八旗所居城区而夷街市为通道等事。拜祀三潭印月，彭玉麟之木主已改筑重建为浙江先贤祠。为讴歌彼革命烈妇而建于西泠桥畔之薛秋瑾墓，巍巍然，气势直压苏小小墓。明丽湖色，不由让人有革命杀气弥漫之感。由湖畔新新旅馆放眼远眺，惟有朝霞裹挟之吴山一带，景色不改昔日之姿，望之宛若出诸马远手笔之名画，令人心旷神怡。

又访灵隐寺。因遭受兵燹，夷为废墟之大殿，虽得盛怀宣氏之布施而重加修葺，然而，倘据此以为佛教势力大盛，则误矣。入住寺内之僧徒，大多为杭州基督教青年会之会员，听闻斯言，惟有哑然无语而已。

在苏州，观览重新修建之寒山寺。十八九年前之纯然一废寺，如今面目全非，甚有气派。然而此番情形，实际端赖日本来游者众多之刺激使然，亦与中国佛教复兴之意义无所关涉。不佞承蒙黑泽税务司之厚意，得以观赏天平山之红叶。殊出意外者，此地即宋范文正公义庄故址。范氏历代之祠堂至今犹存。清朝之时，乾隆帝尝行幸此地，观赏该山岩石嵯峨之奇景，故有取名万笏朝天之名胜。红叶为枫树，此时正值观赏季节。有女子之舆肩抵达此处，亦堪称中国风俗之标本矣。

（十二月二十二日）

五

编辑诸位：

南京、上海间之铁道，乃中国铁道中最完备者。列车构造，亦与中国有不相称合之气派。上海、杭州间之铁道则次之。虽则如此，而此二铁道却因面临运河之竞争，经营上尚未能取得良好之业绩。……时至今日，中国人一般仍倾向于视铁道为奢侈物，随文明风俗之普及，此一想法当会渐渐发生转变。

十一月十八日夜半一时顷，不佞从上海出发，溯长江而上。长江初冬景色，依然如昔，其雄大之姿容，令人眷念不已。但见芦花绵亘数里，如霜似雪，有一种他处无从得见之美。沿江都邑，如芜湖、九江等，望去皆甚壮丽，远非昔日可比。但此等壮丽多为租界建筑之美，而自古以来之中国街市，究竟得到何种程度之改善，则颇可置疑。二十一日拂晓，平安抵达汉口。汉口租界之华丽，遭受兵燹之中国街市已重获改建而面目一新，委实令人吃惊。长江一带都市大体得以急速开发，而其中十之七八端赖外国人之力。汉口一地，更足以耸动我邦人发达之视听，而中国人之于其发达究系起有何等程度之作用，则似可置疑。尤其汉口一埠，因革命动乱，屡次危及和平，商业、资本俱失发展机会，中国商贸原有之惯例亦无从得以维持，故而有为外国商贸方式日渐陵替之趋势。中国人传统商业本颇巧妙，有其坚固之惯例与风习，然而近来则对一味奉迎外国人、听任其侵略之做法不仅不作反思，反以中国方式为落伍，视其为延缓发达之证据。有关中国之商业，当以此点为最可留意者。汉口乃中部中国之枢纽，彼两三年来之发展，乃最当注目者。彼未来之大有可为，当可见之矣。

二十三日，拜会湖北督军王占元氏。氏明言，彼之本意，在尽最大努力，请求北京政府，谋取南北之调停。一旦南军侵攻岳阳，则除非与之决一死战，此外别无他法。不佞念及《武昌观览》之序文中，提及黄鹤楼附近有曾文正公、胡文忠公合祠之遭拆毁，欲踏访其遗迹，故询之王督军。王督军答曰，年轻之革命党人，尝因曾、胡诸公辅助清朝讨灭长毛贼故，思及中国革命之迟迟不得实施，遂衔恨于公等，决意毁坏其祠堂。无论尝获救助者为谁，中国人之于当时救济其地其民，即有大功德于世人者，均极易淡忘。言及中国人之道德心甚靠不住时，王氏便以关键在于修复祠堂之费用如今无从着落加以辩解。作为一省之长，却缺乏抗衡俗论之勇，于此可见一斑耳。

（十二月二十四日）

六

编辑诸位：

不佞逗留武昌期间，尝至菊湾一访杨惺吾氏，且得以晤见其高足熊会贞氏。问及平素悬心之杨氏遗著《水经注疏》，是否一仍其旧，依然未能完成时，熊氏答曰，彼所从事之稿本整理，从未有过间断，若俟以二三年，当可完篇云，因于其板下出示两三誊写清净之稿样，诚觉快慰。

不佞抵达汉口时，因南军占领北军舍弃之长沙，致使交通不便，乃至出现电信一时阻断之迹象。以是之故，濑川总领事告诫不佞，谓长沙之行恐难实施云。故虽属事先打算前往之地，无奈之下只得放弃。恰值此时，在汉口偶然邂逅铃木豹轩君，闻知铃木君有登庐山之筹划，不觉为之心动，意欲结伴而行。然而一二日间，得知长沙形势并无特别变化，遂搭乘二十五日朝发船之湘江丸，溯江而上。翌日未明过岳州，于右舷见君山。午后一时抵庐林潭，在此换乘小蒸汽船，溯湘江而上。船过湘阴时，遭南军开枪喝令停船，甫一停船，即有兵士进入小蒸汽船拖曳之民船履行检查。据同船之前湖南银行总裁某氏介绍，得知上述之兵士即为广西军也。

夜九时顷，船搁浅，惊慌。时为船过靖港之际。如所周知，靖港乃曾文正公起湘勇与长毛贼初次争战，遭遇败绩，愤懑之余投身水中，由此得以闻名之地。因船搁浅，无奈，只得折回靖港。雇民船二艘，换乘之。费时逾三小时，挨至夜半，船方始再度溯江而行。民船隘小，坐下即不得转动身体。朝七时顷，船抵长沙。终夜几乎未得一眠。所幸者，惟此日适逢北风紧疾，于溯江颇得便捷耳。若湘江丸顺流下行之日程不作另行推迟，则必得于翌日，即二十八日午前离开长沙。职是之故，不佞急于走马观花，于此日前往江之西岸游览岳麓山。过屈原祠，访岳麓书院，登山，观赏建于此处之李北海碑。在爱晚亭周遭观览早已褪色之红叶。参诣正在构筑之黄兴、蔡锷二氏之雄伟墓碑。于山巅纵览湘江一带之大观。更一览岣嵝碑。下山，归长沙。午后，观览由曾文正祠改建而成之湖南烈士祠。

（十二月二十五日）

七

编辑诸位：

长沙发，复由湘江顺流而下。此次选乘者虽为摩托艇，然而途中复又三度搁浅。第二次搁浅时，为牵引艇身，凡费时三小时。靖港上游，但见顺流而下之民船，悉数满载南军之兵。鉴于南军对外国人亦时有冲突之举，长沙方面曾另行派出一小蒸汽船，以接应前日自汉口出发之不佞一行，然而此船旋即为南军所征用，故无奈之下，不佞等只得搭乘民船溯江而上。在靖港下游换乘前日溯江而上时所乘之小蒸汽船，夜九时顷，终于得以移乘湘江丸。是夜为阴历十月之既望，月明如昼，洞庭湖夜色之美难以言喻。翌日，即二十九日朝，船发庐林潭，过君山、扁山，一路眺望，近正午顷，抵岳州。上岸，即欲一登岳阳楼。因此处已为北军兵舍及弹药储藏所，登楼为兵士所阻。遂至驻扎此地之北军本部，访武岳司令部，会见参谋长，告以来意，终获允准。由一上尉引导登楼，得以眺望洞庭湖全景。是日会见参谋长时，从其言谈中，亦得略知北军之状况。而尤其令人不胜惊讶者，乃参谋长所率部下全无意于战事之一事。北军在湖南遭到败绩，自战事初始之日起，兵士即已无心向战，亦是一大原因。如是，则北洋政府试图以军队作武力之解决，实为一毫无把握之举措而已。归抵汉口已是翌日之三十日未明时分。十二月一日离开汉口，由京汉铁道，于二日夕刻抵达北京。

（十二月二十六日）

八

编辑诸位：

京汉铁道绵延七百里，其间仅有一处隧道，该隧道位于湖北、河南交界处之鸡公山脉。鸡公山乃欧美人避暑之地，名声与九江庐山比肩并称。与庐山相同，山巅一带悉为欧美人别墅所占据。列车途经此山脉，河川皆作东流，又见水田颇多，盖此处地当淮河之上游耳。夜半渡彼著名之黄河铁桥，一无所见，甚憾。铁道沿线之直隶各地，近时因水灾大受损害，铁桥悉数坠落，洪水虽稍见减退，然湿气犹滞留未去。四顾一望，化为一片荒芜者颇不少矣。

在北京度过之两周异常忙碌，其间犹得晤诸多当代中国人物，复又出席颇文雅之邀宴，兴味殊多。所晤见者，如辞去国务总理一职未久之段祺瑞氏，隐然负有北方重望之徐世昌氏，前内务总长汤化龙氏，前教育部总长范源濂氏，新教育总长傅增湘氏，由前内阁留任之现内阁交通总长曹汝霖氏，日本中国外汇银行总裁陆宗舆氏，国立北京大学总长蔡元培氏，前国务总理、现京畿水灾督办熊希龄氏，大理院长董康氏等，均当今中国政界之活跃者。又，宣统帝师傅陈宝琛、梁鼎芬二氏，清史馆总裁赵尔巽氏，同编纂官吴廷燮、邓邦述、马其昶、李经畬、张尔田、秦敦世诸氏，皆堪称当世硕学。此外，除元史大家柯劭忞、屠寄二氏，计书画鉴赏家、清代学部侍郎宝熙在内之景贤、袁励准、陈汉弟、颜世清诸氏外，犹有多人。

段祺瑞氏去位未久，故导致其辞职之径路，当力避言及。然对南方之国民党持断然反对立场，始终断然实行自己之决意，彼之意气与在职当时，似未见有丝毫改变。虽报端传闻氏患痼疾，然并未见出有此迹象。氏自谓其尚不至于患有新闻报道所传之疾病。毋庸置疑，无论在位与否，氏仍为北方之核心人物。此事亦可见出，在中国之现代进程中，有担当责任之地位与勇气者之匮乏。可以说，拥有与南方之核心陆荣廷氏相对峙抗衡之地位者，非该氏莫属。

徐世昌氏之在北方，恰如岑春煊氏之在南方，均居于元老之位置。即如今次之王士珍内阁，大多凭借徐氏幕僚构成，就职者似以徐氏圈内人居多。

（十二月二十七日）

九

编辑诸位：

中国政府新旧总长中，范源濂氏似为侨居北京之日本人大多隐然认可之人物。然范氏性情，因淡泊党派不近势利，故惟无有从事显赫华丽活动之机会。不佞复与董大理院长相稔，故得以有参观大理院之机会。该院之力臻完善齐全，实可感佩。为不佞等作介绍之庭长（民事第一部长）姚震氏，系早稻田出身，彼擅长日语，且无如外国人在所难免之文法谬误。即便是在外交部及其他举世皆知其为日本语通人者中间，亦属凤毛麟角。至询及其所管辖事务，彼之辩答明快而有条理，更有令人惊叹处。不佞与董氏有多年亲切交往之谊，其私生活之安闲自在、漫不经心，虽于交游时尽所周知，然其治理公务之整饬如斯，实殊出意外，遂将此意径向董氏语之。据姚氏语，袁世凯时代虽尝屡屡对大理院试图施压枉法，然亦总能断然维持司法权之独立，以致袁世凯发申令指摘大理院过于拘泥法律，然而我等宁可将此申令视为光荣名誉之事。姚氏更言及，大理院之权威，最初组建司法部之沈家本氏，继之出任大理院司法总长之章宗祥氏（现驻东京公使），现任之董氏等，所负功劳为多。其后得闻日本人之传言，亦已有此定评，谓中国政府之人才，多集中于司法部，其中尤以大理院最胜云。董氏解释其所以得人才者，盖在不用私人一端。若所有之机关皆得如斯，则中国之新政实有望矣。不佞质问董氏，为何政府各部未见有采用如斯之整顿方法者耶？ 氏则表示，当今之势，似尚不能作此指望。如警察事务，一般以为似较以前进步尤大，特别在与外国人打交道之场合，会格外留意，诸如国子监之孔庙、雍和宫、万寿山等处，妄自向外国人乞讨金钱之现象已有所减少。只须各地有效实行新政，则在中国亦绝非没有希望，只是将此新政普及全国之际，却无防弊止害之手段，似亦为古来之习惯矣。

（十二月二十八日）

十

编辑诸位：

与旧学耆宿交往，始终颇多雅兴。最初林公使因不佞抵达北京，特设宴邀集旧学诸人。陈、梁二师傅，赵尔巽、孙宝琦、李盛铎诸氏，均临席此宴，以此缘故，陈、梁二氏遂有招请不佞等之举。陈氏之厨子，虽在北京，亦为有数之烹饪名人，其食味之美自不待言。梁氏复又亲书菜谱，命其烹制，其乡里广东之特产种种，颇多美味。尤以所用器什，为宋代至道光年间之名瓷器，实极尽风雅之物也。然梁氏宅邸，亦几可称为破屋矣。以弊褞缠袍，而其食味之美、器什之雅，两者殊不相称，致使不佞复又生出一番感慨，总觉得中国学者身上，自有其某种深不可测之趣味也。

林公使亦俱受招请，彼虽屡屡列席此类宴席，然仍称道旧学耆宿之耿直忠厚、夫富于温情，令其深感敬佩云。梁氏乃广东陈兰甫门人，为张文襄（之洞）幕宾甚久，诗文之妙，当系今日中国数一数二之人。不佞以尝熟读陈兰甫之著书故，与梁氏谈话兴味颇深，氏遂以其先师遗墨相赠。

在清史馆，承赵尔巽氏好意，由其编辑室导至文库内部。彼称清朝原即设有国史馆，自乾隆年间起，史料已陆续有所整理，若就此加以利用，则修史之业绝非难事，不出数年，即可致完备云。在此承蒙赵氏飨以午餐。

不佞复又忝列于普通旅行者中，观览武英殿之陈列品，此外，则一览文渊阁之《四库全书》。热河文津阁《四库全书》为京师图书馆所接管，故已准许纵览。京师图书馆藏书多为元内阁大库旧物，不佞七年前赴北京之际，尚未及整理，今则大部分已获整理矣。该图书馆不久将搬迁至宫城内之午门，观览者之便利，免受灾害之安全，以及其为人们所熟知，均可随之而获得较大程度之改善矣。

（十二月二十九日）

十一

编辑诸位：

不佞今此旅行，所最感幸运者，乃适逢京师书画展览会之举办也。该展览会系为天津水灾所发起之赈灾义捐美举，北京在住之收藏家，于一周间，日日更换各自之珍藏品，以供展览，实网罗天下之逸品矣。展期自十二月一日起，至七日讫。一、二两日虽为不佞所错失，然自三日起，则五日间一日不缺，均赴会观览。展览品中，书法一端有东坡之《寒食帖》、米芾之《大行皇太后挽词》；画则有董北宛之《江山高隐图》，范宽及燕文贵之《山水卷》，李成、王尧合作之《读碑图》；加上其他宋、元、明、清之名品，在数百件之上，其中掺杂有古碑帖等。因场地狭隘，观览者极杂沓，是遗憾事。数日间，得观如斯众多之名品，于不佞颇有异常幸运之感慨。

同行之高桥代议士，精通清朝器皿，对武英殿之陈列品殊有兴味，深为激赏。该代议士惟望进而观览个人之收集品者，不佞遂请托于熊希龄氏。熊氏遂在现任财政总长兼中国银行总裁王克敏氏邸宅开晚餐会，招请不佞等，且以观览王氏之收集品，还为之引见瓷器鉴赏家金绍城氏及陈汉第氏。陈氏持来金代之赤绘瓷器，金氏持来龙泉游鱼画纹之瓷器，皆稀世之逸品也。

吾邦有贺博士，近年于碑帖颇有兴趣，其收藏亦骤然激增，今日已俨然成为一收藏家矣。不佞等亦得以一览该博士之藏品。尤富于兰亭帖之尤物，开皇本及游丞相本逸品等，乃博士最引以为自豪者。

（十二月三十日）

十二

编辑诸位：

承正金银行竹内、小贯二氏好意，于东安市场之剧场，得以一睹名优梅兰芳之妙技。彼于《孝感天》一剧中出演主角，而见其入神之妙者，则在昆曲《尼姑思凡》一剧，合以笛、笙、胡弓，且歌，且舞，乃一人之独舞。其艳异之姿，妖冶之态，令观者恍惚间兴梦游仙境之想。以一二十五岁之青年，而拥有此等绝技，堪称非凡之天才。不佞于中国人艺术之优秀处，惟有认可而无异议矣。

承北京《顺天时报》渡边氏、本社特派员神尾氏及《每日新闻》特派员梢崎氏三君厚意，某夕招待日中两国之名士，特介绍不佞于众人，不胜感谢之至。在此宴席上，得以晤见众多北京青年政治家，对作短期旅行之不佞说来，幸哉甚矣。中国政治家中，不乏出身日本留学生者自不待言，然而，终以出身欧美诸国留学生者居多。此点主人方面亦所感意外。彼等身上，渐呈乐意接近吾邦名士之倾向，可谓幸事。加之有身价之老人，如步军统领李长泰氏、警察总监吴炳湘氏，掺杂其间，更为此一场面平添一种色彩。当日来会之天津《大公报》胡霖氏，其后复又来访，得以与之亲切恳谈，甚感愉快。

现任国务院参议，兼而职当外交部要津之刘崇杰氏，曩昔曾任中国驻东京公使馆书记官一职，通晓日本内情，堪称无人可以与之比肩者，不佞访问段祺瑞之际，刘氏特执通译之劳，以异常之细心与审慎，使段氏得以充分理解不佞之所言，令一行人等为之感佩。其后复于某宴席，得聆刘氏最为坦诚之日本人观，亦诚有益之言矣。氏谓，彼在东京颇受日本眷顾，返北京入外交部，处置与日本人相关之文书，未尝一日有过排日之感情，然不知何故，与在日本之日本人相比，总觉得在中国之日本人，似判若不同之人种。不佞因之复为刘氏语及自明治初年至条约改正期间，吾国外交困难重重之实情，供其参考。置身于此等新进人物之中，聆闻此等极挚实诚恳之人披沥其所感，相信颇可供日中国交作参考矣。

不佞归朝之预定：十六日夜北京发，在奉天、京城各宿一宵。

（大正六年十二月三十日）

附录　湖南先生所嫌厌的

桑原武夫[①]

我年少的时候，就喜欢读内藤湖南先生的著作，受过他很大的影响。（我始终相信这样的说法，凡优秀之作，即便不具备专门知识，也能从中有所憬悟。）但如果去和宫崎市定、贝冢茂树这些专业门生弟子作个区别，那我私下里很清楚，自己多半是个尚未忝列门墙，只是在门墙外承续一点先生学风的人。虽深深为先生所折服与倾倒，也曾写过几篇关于先生的文章，但可悲的是，因为学殖谫陋，此刻所写的文字，也同样属于不登大雅之堂一类。

只是手头有篇妙趣横生的文章，刊于《湖南全集》所附出版月报的第十至十二期，出自先生哲嗣耕次郎氏的手笔，题为《有关湖南之断章》。该文末尾为一短章：《湖南之好

---

① 桑原武夫（1904—1988），日本法国文学、文化研究家。曾任东北帝国大学法文学部副教授、京都大学人文科学研究所教授。著有《法国百科全书研究》、《卢梭研究》、《宫本武藏与日本人》等，有《桑原武夫集》全十卷（岩波书店，1980—1981 年）。

恶》。我在为讲谈社文库版《日本文化史研究》一书所写“解说”中曾加以援引。这里再抄录一遍：

> 所嫌厌者：感觉迟钝之蠢人；迎合大众之进步文化人；信仰圣人之愚直道学家；浅陋庸俗之日本画、岐阜产椭圆形灯笼、幽居安乐、闲寂风趣、茶道、民间工艺；美国式机械文明；赶时髦者；社交舞、登山、体育；恋爱至上主义者。
>
> 所嗜好者：凡属中国之物，皆在嗜好之列。

像这样的“我所嗜好的与我所嫌厌的”，究竟是如何错杂叠合在一起的呢？我不免有所心动，很想就此一一加以笺注。但真要这么做起来的话，写“解说”的事首先就得泡汤。这么一寻思，我便当即作出决断，一本正经的话，一概免了，还是借着这个机会，随便谈点感想。

在对卢梭所作的一项合作研究中，我曾开列过一份“卢梭好恶表”，这份好恶表主要是拿《爱弥尔》说事，按其作品，分梳出了日常生活与经济等八个类目。而在耕次郎氏这里，依据的却并非书写文本，而是日常交接中的直接经验，故而提供的是一份弥足珍贵的资料。虽然也不是没有风险，诸如观察者将他的主观也一并投射了进去等。先生哲嗣中，就体型抑或面容而言，耕次郎氏是最酷肖先生的一位，所以他所讲述的，应该也最可信赖。

“凡属中国之物，皆在嗜好之列。”这句话里，汇集了诸多的遗憾。

世上不会有谁喜欢感觉迟钝的笨伯的。先生受不了运脑滞迟的人，所以才会生出这般独特的讥讽与刻薄。尊奉自己敬重的伟人为圆满具足的神祇，是日本人常有的习性，但毫无疑问，先生不喜欢这样。诸如“低能之国学家”这样的措辞，就曾深获年少时代之我心，因沾染此风，我对国学乃至国粹主义，诋毁起来一直是无所顾忌的。

以上是我与先生的嗜好与嫌厌相一致的地方，但接下来，“进步文化人”一说，可就让我犯起难来了。说起来，这样的词，先生生前还不曾有过。战后，当保守派出语伤人时，我曾自称是跟马克思了无干系的进步文化人。若先生健在，当可推想，他大概是会嫌厌这一人种的吧?

我对信奉圣人的愚直的道学家的极度嫌厌，其间恐怕也有无意中源自先生的影响。先生虽嫌厌西洋崇拜，但作为年轻时便已耽读卢梭《社会契约论》的思想家，他也不会对东洋陈腐的传统主义甘之若饴。明治时代的学者，身上始终有着开明与反复古的特征，这是他们相通的地方。跪拜在孔夫子面前，逆时代潮流而动的人，则不值一瞥。

我受先生影响最深的，是他对传统的批判精神。对传统的体悟，程度之深浅自当别论，但庸俗浅陋的日本画，岐阜出产的椭圆形灯笼，幽居安乐，闲寂风趣，茶道，民间工艺，皆为我所不喜；而雄浑、豪华的绘画（如铁斋[①]、雷诺阿[②]之流）则为我所嗜好。

我对美国式的机械文明，通常怀有关切之心。虽生性不喜轻薄，却并不掩饰对于新奇之物的强烈好奇。社交舞，同样也是我所最不喜欢的，并且也跳不来。不过，构成我与先生对立的关键所在，则在登山与体育，纵然被逐出师门，那也是无可奈何的事。先生的冒险心过于集中在智性世界里了，以致无暇顾及自然世界方面。言及“恋爱至上主义者”这个词时，浮现在先生脑子里的，恐怕是文学部的年轻同僚厨川白村与他美丽出众的夫人的容貌吧？白村是典型的近代主义者，他将“恋爱至上”引介进了日本，并且以《苦闷的象征》等著作，给了发轫期的新中国以强有力的刺激。

毋庸赘言，我之所以能领悟得中国文化的精粹，幸免于沦为一介食洋不化之徒，端赖湖南先生之师恩。

---

① 富冈铁斋(1836—1924)，日本画家，以画风高逸别开生面。

② 雷诺阿(Pierre-Auguste Renoir，1841—1919)，法国印象派画家、雕刻家。

译后记

《禹域鸿爪》著者内藤湖南的一些背景性传记材料，这套译丛的策划人施小炜先生，在其所撰的《总序》中已有很好的论列，读者自可从容参读。我只是想补上一句，《禹》是收入本译丛的这几种书里边，惟一一部学者写的游记。

学者有学问垫底，游山观水之时，始终不会忘情于史地的考辨。读万卷书，行万里路，自有一般文学作家所难以企及的骞翮远翥的学术视野。于深情回眸间贯穿学问兴味，在流连忘返中蕴含明慧关照，本是内滕湖南这种不世出的学者所独擅的胜场。但随时随地，总要倚重书袋，比起单凭直感的长驱直入，走访者之于山水之间，终究多了层间隔，而讲究旁征博引的结果，又不免会让行文显得滞重。凡事有得有失，原是世间常理，更何况，乐山乐水，无有定规，萝卜白菜，各有所爱，相信喜欢这种类型的游记的，也一定大有人在。

还有一点，也与著者的学问颇有关系。内藤是日本东洋史学京都学派的开山人，这本书又写于差不多百年之前，原著用的是一种颇带古奥气息、文笔专骛渊雅的文言体日文，因而转译时也让译者颇费踌躇。作为一份不可多得的见证百年前中国世事世情的文化史料，将其译为平白直爽的现代汉语，反而觉得跟文本原有的性质不相对称，倘若某种直接就能提示其历史感的东西，却因为转译文体的不相称合而致使那份本可直接感知的历史感就此流失，这无论如何也是件遗憾的事。正因为顾虑到这一点，这本译书最终还是采用了现在这样的文体，虽然半文不白，两不讨好，但还是希望读者诸君在面对它们的时候，尽可能地对译者的此番用心，多少有些体察与谅解。

1907 年（明治四十年），京都大学创设东洋史讲座，内藤应邀讲授中国近世史，由报人（先后任《日本人》、《大阪朝日新闻》、《台湾日报》等报刊记者）转型为东洋史学家，并与狩野直喜、桑原骘藏等共创二十世纪日本东洋史研究的“京都学派”（另一派则是以东京大学白鸟库吉等为代表的“东京学派”）。内藤曾数次游历中国、朝鲜和欧洲；与文廷式、罗振玉、王国维等中国学者文人交往亲密，与胡适也有通信往来；史学上提倡清代实证史学；“唐宋变革论”则是其在中国史研究中所提示的富有魅力的话题之一，至今仍为中外学界所关注和讨论；其在敦煌学与中国古代书法、绘画方面，也均有独步一时的专门研究。学风阔达，造诣精深，尤其是思路、方法的独到，确立了内藤在日本东洋史学发展史上开山与奠基者的地位。其主要著述《读史丛录》、《中国近世史》、《中国论》、《中国史学史》、《中国绘画史》、《近世文学史论》及《日本文化史研究》等，近年已多由中华书局、商务印书馆、华东师范大学出版社等陆续翻译出版，读者诸君自不妨留意参看。与那个时代日本一众东洋学研究家一样，内藤湖南对作为历史与文化的中国怀有很深的敬意，而对其时现实中全方面羸弱的中国则既同情又不免轻蔑。这在收入本书的内藤的几种游记里，几乎在在可见，读者诸君自不难察识。

译者谨记

1998年清秋草，2016年暮春稍改

补记　未译入本书的内藤湖南与中国游历有关的纪行文字，尚有《韩、满视察旅行记》、《北韩、吉林旅行记》及《间岛、吉林旅行谈》等。

图书在版编目(CIP)数据

禹域鸿爪/(日)内藤湖南著;李振声译.—杭州：浙江文艺出版社,2018.3(2018.6 重印)

(东瀛文人·印象中国)

ISBN 978-7-5339-5021-7

Ⅰ.①禹… Ⅱ.①内… ②李… Ⅲ.①散文集—日本—现代 Ⅳ.①I313.65

中国版本图书馆 CIP 数据核字(2017)第 218134 号

统　　筹：曹元勇
责任编辑：周　语
封面设计：人马艺术设计·储平
责任印制：吴春娟

禹域鸿爪
[日]内藤湖南　著
李振声　译

出版：浙江文艺出版社
地址：杭州市体育场路 347 号　邮编：310006
网址：www.zjwycbs.cn
经销：浙江省新华书店集团有限公司
印刷：上海中华商务联合印刷有限公司
开本：787 毫米×1092 毫米　1/32
字数：116 千字
印张：10
插页：4
版次：2018 年 3 月第 1 版　2018 年 6 月第 2 次印刷
书号：ISBN 978-7-5339-5021-7
定价：48.00 元